*Im Knaur Taschenbuch Verlag sind bereits
folgende Bücher des Autors erschienen:*
Süden und das Gelöbnis des gefallenen Engels
Süden und der Straßenbahntrinker
Süden und die Frau mit dem harten Kleid
Süden und das Geheimnis der Königin
Süden und das Lächeln des Windes
Süden und der Luftgitarrist
Süden und der glückliche Winkel
Süden und das verkehrte Kind
Süden und das grüne Haar des Todes
Süden und der Mann im langen schwarzen Mantel
Süden und die Schlüsselkinder
Süden
Killing Giesing
Gottes Tochter
German Angst
Die Erfindung des Abschieds
Abknallen

Über den Autor:
Friedrich Ani wurde 1959 in Kochel am See geboren. Er schreibt Romane, Gedichte, Jugendbücher, Hörspiele und Drehbücher. Seine Romane wurden in mehrere Sprachen übersetzt und vielfach ausgezeichnet. Er erhielt vier Mal den deutschen Krimipreis und für sein Drehbuch »Süden und der Luftgitarrist« den Adolf-Grimme-Preis. Sein Roman »Süden« stand wochenlang auf Platz 1 der KrimiZEIT-Bestenliste und wurde zum besten deutschsprachigen Kriminalroman des Jahres 2011 gewählt. 2012 erhielt Ani den Bayerischen Fernsehpreis für das Drehbuch »Das unsichtbare Mädchen«. Friedrich Ani ist Mitglied des Internationalen PEN-Clubs und lebt in München.

Friedrich Ani

SÜDEN UND DAS HEIMLICHE LEBEN

Roman

Knaur Taschenbuch Verlag

Besuchen Sie uns im Internet:
www.knaur.de

Originalausgabe November 2012
Knaur Taschenbuch
© 2012 Knaur Taschenbuch
Ein Unternehmen der Droemerschen Verlagsanstalt
Th. Knaur Nachf. GmbH & Co. KG, München
Alle Rechte vorbehalten. Das Werk darf – auch teilweise – nur mit
Genehmigung des Verlags wiedergegeben werden.
Umschlaggestaltung: ZERO Werbeagentur, München
Umschlagabbildung: Buchcover / Hayden Verry
Satz: Adobe InDesign im Verlag
Druck und Bindung: CPI – Clausen & Bosse, Leck
Printed in Germany
ISBN 978-3-426-50937-1

2 4 5 3 1

»Servus, wo bist du?«
»In der Nähe des Südpols,
irgendwo in Afrika.«

1

Regen prasselte auf die Gartentische vor der offenen Tür. Kirchenglocken läuteten. Sonntagvormittag. Tabor Süden saß in einer Kneipe und fragte sich, wieso. Weder die fünf Männer an seinem Tisch noch die Frau hinterm Tresen hatten in der vergangenen Stunde Wesentliches zur Aufwertung seiner Anwesenheit beigetragen. Seine Chefin hatte ihm gestern den Auftrag erteilt, und er, ohne Not nüchtern, hatte zugestimmt, gleich am nächsten Tag ein Treffen zu arrangieren.
Der nächste Tag war schneller heute, als Süden erwartet hatte. Und seit dem Aufstehen haderte er nicht nur mit sich, weil er an seinem freien Tag einen Termin vereinbart hatte. Er verzweifelte nicht nur fast an den ineinandertrudelnden Monologen, die er sich anhören musste. Was ihm am meisten zu schaffen machte, war der Anblick des Kaffeekännchens und der Tasse, die vor ihm standen wie das Geschirr eines gemeinen Gottes.
In einem Gasthaus mit dem Namen »Charly's Tante« zu sitzen und kein Bier zu trinken, erschien Süden wie die Vorstellung, er hätte damals als Ministrant in Unterhose und Unterhemd vor dem Altar knien müssen.
Mehrmals hatte die Wirtin, deren blonde, kurios hochgesteckte Haare ihm – vermutlich als Folge seiner Abstinenz – wie ein verrutschter Zwiebelturm vorkamen, die Frage gestellt, ob er nicht, wie die anderen Männer, ein Helles oder ein Weißbier wolle. Er schüttelte jedes Mal den Kopf. Und er fragte sich, wieso.

Welcher Anfall von Berufsethos zwang ihn, einen Kaffee zu trinken, der erst seinen Magen und dann seinen Darm ruinierte und anderswo wahrscheinlich zur Bekämpfung von Ehec-Bakterien eingesetzt wurde? Noch nicht einmal seinen kleinen karierten Schreibblock hatte er aus der Tasche gezogen. Das meiste, was er bisher an diesem Tisch über das Verschwinden der sechsundvierzigjährigen Kellnerin Ilka Senner erfahren hatte, stand in den Protokollen der Polizei. Den Rest hielt Süden für das übliche Getrommel von Zeugen, die sich aus der Savanne ihrer Phantasie zu Wort meldeten, in der Überzeugung, Geheimnisse und Wahrheiten zu verkünden.

Zwölf Jahre bei der Vermisstenstelle der Kripo und vier in der Mordkommission hatten ihn das Zuhören gelehrt, das Weghören und das Doppelthören. Er kannte den Unterschied zwischen Lügen und Schwindeln, Lamentieren und Leiden und den zwischen Rhabarberkompott und Rhabarberkomplott. Vom selbstgemachten Nachtisch seiner Mutter hatte er als kleiner Junge nie genug bekommen, vom selbstgemachten Laberzeug, mit dem ihn manche Leute einzulullen versuchten, wurde ihm übel.

»Sie sehen blass aus«, sagte Charlotte Nickl, genannt Charly, die Frau des Wirts. »Wollen Sie einen Schnaps?«

Kurz vor einem erneuten Kopfschütteln sagte Süden: »Ein Bier.«

»Na also.« Der Zwiebelturm neigte sich vor und zurück, und die Wirtin ging zum Tresen.

Die fünf Männer sahen ihn an, wieder einmal. Im Grunde sahen sie ihn die ganze Zeit an, als wäre er ein Rie-

senspiegel und sie Balletttänzer auf der Probe. Alles, was er möglicherweise spiegelte, war blanke Ratlosigkeit, und alles, was sie verkörperten, waren die Gesetze der Schwerkraft. Vielleicht, dachte Süden, sollte er sich vor der Tür unter die grüne Markise stellen, die kühle Luft einatmen und an eine Frau denken oder zumindest an ein anderes Lokal. Vielleicht passten die Menschen und er heute einfach nicht zusammen. Abstand, hatte er einmal gelesen, sei die Seele des Schönen.
»Sehr zum Wohl.« Die Worte hagelten auf seine Gedanken. Charlotte Nickl stellte ein blendend aussehendes helles Bier vor ihn hin und lächelte, wie Jesus gelächelt hätte, wenn die Kreuzigung abgesagt worden wäre. Sie schien erlöst zu sein. Süden war es auch.
»Möge es nützen!« Er hob sein Glas. Alle hoben ihre Gläser. Die Wirtin eilte zum Tresen, holte ihre Weißweinschorle, und dann tranken sie und stellten ihre Gläser ab, und nur Charlotte behielt ihres in der Hand. Süden leckte sich die Lippen und hob den Kopf. Wie rauchende Apostel umringten ihn zwölf Augen.
Er wusste nicht, was er sagen sollte, also breitete er die Arme aus, lehnte sich zurück, rief sein inzwischen perfekt eingeübtes Nicken ab, faltete die Hände im Schoß, schwieg eine Weile und beugte sich wieder zum Tisch, soweit sein Bauch es ermöglichte.
Der Regen prasselte immer noch auf die Gartenmöbel und den Asphalt. Vögel zwitscherten sommerlich. Süden bildete sich ein, die Freude seines Blutes über das Bier wahrzunehmen.

Momente unendlicher Erwartung.

Dann sagte Dieter Nickl, den jeder Dieda nannte: »Ich geh jetzt schiffen, und dann wird Klartext geredet, habt's mich?«

Süden zog seinen Spiralblock und den Kugelschreiber aus der Tasche. Klartext, dachte er, den wollte er notieren, zumal ein Mann ihn angekündigt hatte, der am Sonntagvormittag gegen elf Uhr bei seinem vierten Weißbier angelangt war und gegen dessen bisheriges Aussagenkonglomerat die babylonische Sprachverwirrung von Hemingwayscher Klarheit gewesen sein musste.

»Da bin ich wieder.« Nickl setzte sich, wie vorher, Süden gegenüber und rieb sich die Hände. Vielleicht, dachte Süden, hatte er sie sich auf dem Lokus zumindest in Unschuld gewaschen. »Jetzt pass mal auf, die Ilka ist seit achtzehn Jahren bei mir ...«

Für Süden eine Neuigkeit, als hätte ein verschwitzter Bote ihm zugeflüstert, der Papst sei katholisch.

»... Achtzehn Jahre, das ist eine Ewigkeit. Ist dir das klar? Entschuldigung, wenn ich du sag, das passt schon, oder?«

»Unbedingt«, sagte Süden.

»Ich bin der Dieda.«

Und der Bote flüsterte weiter: Der Jesus auf dem Bild ist der mit den Wundmalen.

»Und weil das so ist, ist es vollkommen ausgeschlossen, dass die Ilka einfach abgehauen ist. Ist das jetzt mal nachvollziehbar? Begreifen Sie, begreifst du, was ich dir

damit sagen will, als Mensch und Freund und Wirt. Der Ilka ist was zugestoßen, ein Verbrechen. Und das muss aufgeklärt werden. Und zwar zügig. Und zwar von dir.«
Süden sagte: »Ich bin kein Polizist.« Eine Wahrheit so wahr wie ein leeres Bierglas.
»Das weiß ich doch«, brüllte Nickl ihm ins Gesicht.
»Ganz ruhig, Dieda«, sagte Claus Viebel, der auf der Bank neben Süden saß. »Der Detektiv hat dich schon verstanden.« Er wandte sich an Süden. »Sie haben das verstanden, was der Dieda meint? Er meint, die Ilka ist womöglich ermordet worden, verschleppt, man weiß nichts. Die Polizei war hier, hat uns alle befragt, auch die Angehörigen, Spuren gesichert angeblich. Sie sagen ...«
»Sie sagen ...«, sagte Nickl und richtete den ausgestreckten Zeigefinger auf Süden, und Viebel schloss allmählich seinen Mund. »... Die Ilka ist erwachsen, sie ist sechsundvierzig, das kommt ja noch dazu, sie weiß, was sie tut. Das ist das Problem, polizeilich gedacht. Sie kann machen, was sie will. Sagt die Polizei. Hinweise auf ein konkretes Verbrechen ... keine da. Angenommen, du verschwindest plötzlich ...« Er meinte, schätzte Süden, seinen Freund neben sich, Johann Baumann, falls Süden ihn nicht mit einem der anderen verwechselte.
»Stell dir vor, wir sitzen hier, und du kommst nicht. Am nächsten Tag auch nicht, das ist doch ... Polizei her. Ja, der Mann, der ist erwachsen, wie alt bist du, Johann? Wie alt genau?«
»Genau fünfundsechzig«, sagte Johann, und es klang nicht nach einer Ode an die Freude.

»Genau. Mehr erwachsen kann man nicht werden als fünfundsechzig. Was ist dann?«
Wovon redet er?, dachte Süden und betrachtete sein leeres Glas, wagte aber nicht, an der unerhörtesten Stelle des Monologs einen dürstenden Blick zum Tresen zu werfen.
»Dann ist«, sagte Nickl, ohne seinen Nachbarn anzusehen, »nichts. Da ist nichts. Du liegst in einer Odelgrube in Unterzeismering ...«
»Was für eine Odelgrube?«, sagte Viebel.
»Was?«
»Ich war noch nie in Unterzeismering«, sagte Johann Baumann. Außer Nickl war er der einzige Weißbiertrinker am Tisch. Er trank einen Schluck und starrte vor sich hin. Süden hoffte, der Mann versetzte sich nicht in die Lage einer Leiche in einer Odelgrube, nicht an einem heiligen Sonntag.
»Das ist doch vollkommen egal«, sagte Nickl. »Ich sprech hier allgemein, von der Natur der Polizei. Verschwunden heißt: Niemand sucht nach dir. Nach einem Kind würden sie suchen, das ist klar. Aber nach dir nicht, nach mir auch nicht. Und nach der Ilka auch nicht. Und sogar wenn du verschwindest, Süden, sucht niemand nach dir, jedenfalls nicht die Polizei. Die Charly war mal in Helsinki verschwunden, ich hab mir Sorgen gemacht, weißt du das noch, Charly?«
Die Frau am Tresen unterbrach das Polieren der Gläser. Seit zwanzig Minuten polierte sie ein Glas nach dem anderen und sah dabei aus, als dächte sie über Dinge

nach, die Süden wissen sollte. Vielleicht wirkte auch nur der Weißwein und löste ein philosophisches Schauen bei ihr aus.

»Hörst du zu?« Nickl beugte sich über den Tisch. Interessanter Atem umwaberte den Detektiv. »Das ist ja der Grund, warum wir dich herbestellt haben. Damit du die Ilka findest.«

Zum Abschied flüsterte der Bote Süden zu: Und am Jüngsten Tag findet übrigens eine Auferstehung statt.

»Die Ilka muss gefunden werden«, sagte ein Mann, der, glaubte Süden, Olaf Schütze hieß. »Deswegen haben wir zusammengelegt, damit wir uns einen fähigen Detektiv leisten können. Wir alle hier am Tisch. Der Dieda, der Claus, der Werner, der Johann und die Charly natürlich auch. Tausend Euro. Ist nicht viel, aber Sie werden schon was rausfinden. Die Frau Liebergesell hat gesagt, Sie können was, Sie haben ein Gespür, Sie sind unbestechlich.«

»Im übertragenen Sinn«, sagte Nickl, klopfte Süden auf den Arm und wandte sich zum Tresen. »Bring unserm unbestechlichen Süden noch ein Helles und eine Runde Obstler.« Er sah Süden an. »So was nennt man Solidarität. Wir finden die Ilka, und du bist unser Spürhund. Tausend Euro. Vertrag, alles klar. Hast du ihn dabei?«

»Ja«, sagte Süden. Obstler, dachte er. Er sollte anfangen, sich Notizen zu machen, vor allem, sich die Namen einzuprägen.

»Das war der Hammer, da in Helsinki«, sagte Nickl. »Ist auf einmal die Charly wie vom Erdboden verschluckt.

Ich hab gedacht, ein Elch hätt die gefressen, die stehen ja da auf der Straße. Steht da plötzlich ein Elch. Die Charly nicht mehr ...«
Er redete so lange, bis Charlotte die frischen Gläser brachte. Und als alle ihren Schnaps getrunken hatten, redete er weiter. Süden machte sich keine Notizen.

Nach Aussage von Claus Viebel, einem dreiundvierzigjährigen Glaser, hatte Ilka Senner manchmal ein »verträumtes Wesen«. Viebel, nach eigenen Worten früher »vollbeschäftigt im Glasfassadenbau tätig«, inzwischen »beim Glasbau gelandet und vorübergehend außer Vollzug«, beschrieb die Bedienung als einen Menschen, dessen Stimmungen häufig wechselten und der, vor allem »in Richtung Sperrstunde«, zur Schwermut neigte.
»Das ist doch ewig weit hergeholt, was du da behauptest«, sagte Olaf Schütze. Viebel ließ ihn nicht weiter zu Wort kommen.
»Die Ilka hat zwei Gesichter, das merkst du bloß in deinem Rausch nie. Die Ilka, Herr Süden, ist nicht so einfach. Die ist komplex, die arbeitet hier seit hundert Jahren, und ich seh die fast jeden Tag und denk mir: Die sagt was nicht. Verstehen Sie das?«
»Wir sagen du.« Die Stimme des Wirts versank in seinem Weißbierglas. Anscheinend sah er nur selten die Person an, mit der er redete. Außer, die Person saß ihm direkt gegenüber, wie Süden.
»Ich bin höflich zu dem Herrn Süden.« Viebel kratzte sich mit dem kleinen Finger am Schnurrbart, was er alle

zehn Minuten wiederholte. Mit dem Schnauzer und den Koteletten wirkte er, als wäre er in den Siebzigern des vorigen Jahrhunderts eingefroren und vorgestern aufgetaut worden. Allerdings hatte er zu jener Zeit noch nicht gelebt. Er zündete sich eine Selbstgedrehte an, legte das Feuerzeug auf das zerknitterte Päckchen. »Was ich andeuten will, Herr Süden: Auch wenn die anderen sagen, ihr könnt was zugestoßen sein, so sag ich, es könnt auch was anderes passiert sein, nämlich ein Unglück. Dass etwas in ihr zu Bruch gegangen ist, das mein ich ...«

»Hoffentlich gehst du nicht bald zu Bruch, du Glasermeister«, sagte Johann Baumann, ein fünfundsechzigjähriger Rentner, der sein Leben, wie er sich ausdrückte, »im Schaufenster unserer schönen Stadt« verbracht hatte – als Sachbearbeiter im Finanzamt München Zentral.

»Ich bin kein Glasermeister.« Viebel drehte den Kopf zu Süden. Der Detektiv saß an der hinteren Schmalseite des rechteckigen Tisches, der Wirt an der vorderen, Viebel und Schütze links, Ring und Baumann rechts von Süden. »Einen Betrieb führen ist nicht das, was ich will, Herr Süden, das sollen andere machen. Das muss jeder selbst entscheiden. Mein ehemaliger Chef, Hohensteiger, der konnt zehn Leute gleichzeitig dirigieren, rumscheuchen eher, aber alles unter Kontrolle, Glasfassaden Hohensteiger ...«

»In der Ilka ging etwas zu Bruch«, sagte Süden. Wäre seine Ungeduld eine tollwütige Bulldogge, kein Zwinger hätte sie mehr bremsen können, sie hätte den Glaser

Viebel zerfleischt, den Finanzbeamten Baumann, den Hausmeister Ring, den Kioskbesitzer Olaf Schütze und am Ende den Wirt Nickl, bevor sie ihre blutverschmierten Zähne in den Zwiebelturm der Wirtsfrau gegraben hätte, um ihr eine letzte Chance zum Sprechen zu geben.
So jedoch saß Süden bloß da, ein Monster aus Zorn mit menschlichem Antlitz.
»Das war und ist mein Eindruck.« Viebels kleinster Fingernagel suchte etwas im Schnurrbart. »Die Frau hat ein Los, und das lastet auf ihr.«
Vielleicht, dachte Süden, hatte der Ex-Steuereintreiber recht. Vielleicht gingen in diesem Moment still und leise die letzten Bullaugen in Viebels Hirn zu Bruch.
»Die Frau hat ein Los, und das lastet auf ihr«, wiederholte Süden. »Wären Sie in der Lage, etwas konkreter zu werden? Was genau könnte Ilka dazu gebracht haben, sich umzubringen?«
»Das hab ich nicht gesagt.« Viebel hob den Zeigefinger, dessen Ränder im gleichen Schwarz gehalten waren wie die übrigen. »Hab ich nie gesagt, dass sie sich umgebracht hat. So was sagt man nicht einfach so, wenn man keine Beweise hat.«
»Und du hast keine«, sagte Ring, der ihm auf der anderen Seite des Tisches gegenübersaß. »Also halt die Klappe, trink dein Bier, rauch deinen stinkenden Tabak und stör uns nicht.«
»Ich stör niemand.«
»Mich schon«, sagte Ring.

Mich auch, sagte Süden nicht, stattdessen: »Ilka machte auf Sie einen deprimierten Eindruck.«
»Die ist doch nicht deprimiert«, sagte Nickl laut, zu laut für seine in den vergangenen Minuten eingeschlafene Stimme. Ein lungenfüllender Husten erschütterte den Wirt. Seine geröteten Augen schienen zu lodern. Der Arm, den er sich vors Gesicht hielt, kam zu spät. Ungebremst fegte die bakterienpralle Luft aus Nickls breitem Körper quer über den Tisch, und nur ein Anfall maßloser Höflichkeit hinderte Süden daran, sich zu ducken.
Charlotte Nickl warf einen besorgten Blick zum Stammtisch, wirkte aber nicht ernsthaft beunruhigt. Die vier anderen Männer tranken synchron aus ihren Gläsern und leerten diese gleichzeitig. Sofort machte Charlotte sich an der Zapfanlage an die Arbeit. Als sie die gefüllten Gläser zum Tisch trug, rang Nickl immer noch mit einem Nachhusten, für den er den Arm nicht mehr brauchte. Er umhustete entspannt sein Weißbierglas.
»Zum Wohl, Freunde«, sagte Charlotte.
»Merci, Charly«, sagte Werner Ring, der siebenundfünfzigjährige Hausmeister, dessen Oberarme, vermutete Süden, in einer früheren Existenz Oberschenkel gewesen waren. Ring trug ein schwarzes T-Shirt und darüber eine Jeansjacke und einen silbernen Ring im linken Ohr. Sein kahler Kopf glänzte von Schweiß, gleichzeitig verströmte er einen herben Geruch nach Rasierwasser. Seine Stimme klang beinah sanft, seine blauen Augen strahlten fürsorgliche Gelassenheit und Zufriedenheit aus. Die meiste Zeit hielt er seine Hände auf dem Tisch gefaltet,

ab und zu zuckte sein Mund, wie bei einem scheuen Lächeln. »Pass auf, Claus«, sagte er, machte eine Pause und sah Viebel an. »Du setzt hier keine Märchen über die Ilka in die Welt, okay? Was redst du da von Depression? Hast du überhaupt eine Ahnung, was das ist? Du behauptest, die Ilka ist krank, und ich sag dir, die Ilka ist nicht krank, und jetzt sei einfach mal still. Okay?«

»Der hat gesagt, sie ist depressiv.« Viebel zeigte auf Süden. »Ich hab gar nichts gesagt.«

»Du hast gesagt, sie hat einen Sprung in der Schüssel«, sagte Baumann.

»Hat er nicht gesagt«, rief Charlotte vom Tresen.

»Sagst du eigentlich auch mal was?« Der Wirt warf Süden einen in tausend Sperrstunden geübten Vernichtungsblick zu.

Süden warf seinen in tausend Vernehmungsstunden eingeübten Gelassenheitsblick in die Runde. »Bis jetzt habt ihr mir nichts erzählt, was ihr nicht auch schon der Polizei erzählt habt. Und der Polizei habt ihr erzählt, ihr habt keine Ahnung, wohin die Ilka verschwunden sein könnte. Ich bin hier, um etwas Neues zu erfahren.«

»Ist doch alles neu«, sagte Viebel. Seine Stimme wies mittlerweile deutliche Risse auf. »Wenn ich sag, mit der Ilka war was, dann war da was, im Innern, was sie uns nicht zeigen wollte. Und das war so. Die hat was mit sich ausgemacht, nur mit sich allein. Und was? Weiß man nicht. Und das ist neu, Herr Süden, das haben wir der Polizei nicht erzählt.«

»Hatte Ilka in jüngster Zeit Besuch?« Süden stellte fest,

dass auch die Blicke der anderen anfingen zu schwächeln. »Führte sie ungewöhnliche Telefonate? Kam sie zu spät zur Arbeit, ist sie früher als sonst nach Hause gegangen?«

Der Blick, den Süden Charlotte in der Hoffnung zuwarf, sie habe als Frau vielleicht etwas mehr erfahren als die Männer, wurde von den Blicken der Männer auf halbem Weg abgefangen und landete im Orkus ihrer Ahnungslosigkeit.

»Die Charly brauchst gar nicht erst anstarren«, sagte Nickl. »Die hat mit der Ilka praktisch nicht gesprochen, und die Ilka hat mit ihr nicht gesprochen. Wofür zahlen wir dir tausend Euro, wenn du auch nichts rausfindest. Das ist doch Beutelschneiderei, ich sammel das Geld gleich wieder ein.«

»Red keinen Unsinn, Dieda.« Charly kam an den Tisch und blieb neben ihrem Mann stehen. »Ich mach mir genauso viele Sorgen wie ihr alle, die anderen Sachen spielen jetzt überhaupt keine Rolle.«

Süden sagte: »Welche Sachen?«

»Die anderen Sachen«, sagte Nickl in sein Glas.

»Und die anderen Sachen haben nichts mit dem Verschwinden deiner Kellnerin zu tun.«

»Nein.«

Süden schwieg.

Nach etwa acht Sekunden sahen ihn die Männer und Charlotte an, als hätten sie noch nie einen Mann gesehen, der schwieg.

Süden lehnte sich zurück und verschränkte die Arme.

Diese Leute und in gewisser Weise auch seine Chefin hatten ihn veranlasst, auf nüchternen Magen drei Biere und einen Schnaps zu trinken, und dann hatten sie ihn mit Sachen abgespeist, die ihm nicht schmeckten. Und nun erfuhr er von anderen Sachen, die offensichtlich eine große Rolle gespielt hatten und jetzt nicht mehr. Er war angetrunken und mürrisch. In seinem Magen beschimpften sich Bier und Kaffee, durch seinen Kopf taumelten Gedanken wie durch ein gläsernes Labyrinth. Draußen fiel der Regen auf die Tische, ein kühler Wind wehte zur Tür herein und kehrte vor lauter Rauch wieder um. In regelmäßigen Abständen fuhr auf der Perlacher Straße ein Linienbus vorüber.

Süden zwängte sich aus der Ecke und stand auf. »Ich brauche frische Luft«, sagte er.

»Gefährlich«, sagte Viebel.

»Erzähl ihm von dem Typen, der da draußen gestanden hat«, sagte Ring zu Charlotte. »In der Nacht, weißt schon.«

»Was für ein Typ?«, sagte Nickl.

Seine Frau nahm die leeren Gläser in die Hand. »Ein Spinner, der ist auf die Ilka gestanden, hat sich aber nicht reingetraut, sie hat ihn weggeschickt.«

»Haben Sie der Polizei davon erzählt?«, fragte Süden.

»Wozu denn? Der ist unwichtig, da ist gar nichts passiert.«

Ring sah Süden an. »Der Typ hat die Ilka belästigt, das hat sie gegenüber der Charly auch zugegeben, der Ilka war das peinlich. Ich hab ihr gesagt, ich red mit dem, aber die Ilka wollt das nicht.«

»Aha«, sagte Nickl.
Unter der Markise legte Süden den Kopf in den Nacken und schloss die Augen. Keine Minute später stand Charlotte neben ihm. Sie rauchte, in der linken Hand hielt sie einen weißen Plastikaschenbecher.
»Es ist so, Herr Süden.« Sie sprach mit leiser, unsicherer Stimme. »Ich mag hier nicht mehr sein, und mein Mann eigentlich auch nicht. Meine Eltern haben ein Haus in Bad Endorf, da können wir jederzeit einziehen, da ist's schön. Und das machen wir auch. Wir haben mit der Brauerei schon geredet, und jetzt ist es so: Die Brauerei sagt, sie möchte das Lokal gern erhalten, ob wir wen wüssten, der es übernehmen könnte. Da haben wir beide gesagt, die Ilka, die kann das. Die ist achtzehn Jahre bei uns, und wenn wir mal in Urlaub waren, hat sie den Laden geschmissen, und zwar fehlerlos. Die ist patent, die kann mit den Gästen umgehen, mit den Männern, die ist die geborene Wirtin, das hab ich immer schon gedacht. Wir haben ihr das gesagt, und sie? Zuerst hat sie sich wahnsinnig gefreut, und dann ist sie nachdenklich geworden, hat immer wieder gesagt, sie muss sich das alles noch mal durch den Kopf gehen lassen, die viele Verantwortung, die Büroarbeit. So viel ist das nicht, Herr Süden, das lernt man schnell, kein Problem für die Ilka. Ihre Zukunft ist gesichert. Und genau in dem Moment ist sie spurlos verschwunden. Da stimmt doch was nicht. Irgendwas ist da passiert, und zwar nichts Gutes.«
»Könnte der unbekannte Mann etwas damit zu tun haben?«

»Weiß ich nicht. Der ist ein paar Mal aufgetaucht, das kommt schon mal vor, dass nachts irgendwelche Typen hier durch die Gegend schleichen. Ich hatte den Eindruck, die Ilka hat den gekannt, aber beschwören will ich's nicht. Wieso ist die denn weg? Genau jetzt, wo sie ein eigenes Geschäft hätte? Das ist doch absurd.«
Die Frau des Wirts drückte ihre Zigarette im Aschenbecher aus. »Sie müssen mir versprechen, dass Sie uns die Ilka gesund und munter wiederbringen. Versprechen Sie mir das?«

2

Ilka Senner verschwand am Mittwoch, dem 1. Juni. So stand es in der Suchmeldung der Kripo. Im Namen ihrer Stammgäste hatten Charlotte und Dieter Nickl die Sechsundvierzigjährige offiziell als vermisst gemeldet. Zwei Tage zuvor hatte sie noch in der Kneipe »Charly's Tante« in der Perlacher Straße 100 bedient. Am Dienstag, dem Ruhetag des Lokals, telefonierte sie gegen ein Uhr mittags mit ihrer Freundin Margit Großhaupt, anschließend schaltete sie ihr Handy aus und nicht wieder ein. Das Gerät lag auf dem Küchentisch, die Zimmer waren aufgeräumt, wie Hauptkommissarin Birgit Hesse Süden berichtete. Keine Hinweise auf einen überstürzten Aufbruch. Der Koffer auf dem Schlafzimmerschrank und die mit Wäsche gefüllten Schubladen, die Schminksachen im Bad und die Ansammlung von Sommerschuhen im Flur deuteten nach Meinung der Ermittlerin nicht darauf hin, dass die Mieterin eine längere Reise angetreten hatte.

»Wir haben die Nachbarn befragt«, sagte die Kommissarin zu Süden, nachdem er am Montag wieder in halbwegs geordnete, innere Verhältnisse zurückgekehrt war. »Sie wissen nichts. Nichts von Ilkas Plänen, nichts von einem Bekannten oder Freund, nichts von ihren Gewohnheiten, höchstens, dass Ilka, wie viele Leute rund um den Spitzingplatz, regelmäßig beim nahen Tengelmann einkauft. Ich hab mit dem Geschäftsführer und einer Kassiererin gesprochen, sie kennen die Frau vom Sehen, mehr nicht. Wie so oft.«

Wie so oft. Das hatte auch Süden gedacht, als er am Sonntag nach seinem von Charlotte Nickl eingenebelten Luftschnappversuch wieder am Stammtisch Platz genommen hatte. Wie so oft bei Vermissungen umgab die Zeugen, Verwandten und Bekannten eine große Erinnerungslosigkeit, die sie selbst kaum wahrnahmen. In der Überzeugung, Gutes zu tun, schmückten sie ihr vermeintliches Wissen mit phantastischen Girlanden und funkelnden Gedanken und verwandelten jeden zuhörenden Fahnder in einen Weihnachtsmann, von dem sie ein wundervolles Geschenk erwarteten: den Gesuchten in all seiner Pracht.
Doch Wunder waren selten bei Vermissungen. Nach Südens Erfahrung passierten sie eigentlich nie. Manchmal kehrte jemand freiwillig und erschöpft vom verkehrten Alleinsein zurück. Manchmal missglückte ein Selbstmordversuch. Manchmal hatte ein vermisstes Kind nur beim Nachbarn im Keller mit der Eisenbahn gespielt. Manchmal bestand eine Akte bloß aus Papier. Meist jedoch war alles ein einziges Entsetzen.

»Jetzt offiziell«, sagte Dieter Nickl und richtete Zeige- und Mittelfinger auf sein Gegenüber am anderen Ende des Tisches. »Du kriegst von uns das Geld, wir unterschreiben den Vertrag, fertig ist die Zeremonie. Her mit dem Vertrag.«
»Mal was anderes«, sagte Johann Baumann. Süden horchte auf, es war ein Reflex, der ihm sofort lächerlich vorkam. An diesem Ort »was anderes« zu erwarten, glich

der Hoffnung eines Paparazzo auf einen Schnappschuss vom nackten Papst. »Wie wird man eigentlich Detektiv? Verdient man da was? Ist das eine solide Existenz?«
»Unbedingt«, sagte Süden. Während er das braune Kuvert mit dem Vertrag und der Kopie aus der Innentasche seiner Lederjacke zog und es Ring gab, der es an Baumann vorbei an den Wirt weiterreichte, schwieg er.
»Bist du angestellt?«
»Ja.«
»Kannst du davon leben?«
»Ja.«
»Immer schon?«
Süden sagte: »Ich war früher Hauptkommissar in der Vermisstenstelle der Kripo.«
»In der Vermisstenstelle der Kripo.« Die Verwandlung des dürren Finanzbeamten in die Nymphe Echo musste Süden verpasst haben. »Dann warst du Beamter beim Staat mit Pensionsansprüchen et cetera.«
»Unbedingt.«
»Und du hast da aufgehört, oder was?«, sagte Claus Viebel, dessen Augen inzwischen gut verglast waren, weswegen er vielleicht als Letzter am Tisch den Detektiv nun ebenfalls duzte.
»Ich hatte meine Gründe.«
»Welche?«, fragte Baumann.
Süden schwieg.
»Jetzt red halt.« Launig schlug Viebel ihm mit dem Handrücken gegen den Oberarm.
In der Zwischenzeit studierte Nickl den Vertrag. »Stift

her!«, rief er, ohne sich zu seiner Frau umzudrehen. Charlotte brachte ihm einen Kugelschreiber. »Fünfundsechzig Euro in der Stunde ist schon hart. Aber ich weiß schon, andere sind noch teurer als ihr.« Er zögerte, kritzelte seinen Namen aufs Original und die Kopie und blies aufs Papier. Da es sich um einen schnell trocknenden Kugelschreiber handelte, faltete er die Kopie sofort wieder zusammen und steckte sie ins Kuvert. »Jetzt kannst nicht mehr aus, Süden, jetzt wollen wir die Ilka wiederhaben. Charly, bring uns eine Runde auf den Vertrag.«
Er hielt Baumann das Kuvert hin, und dieser reichte es an Ring vorbei an Süden weiter.
Viebel gestikulierte mit der rechten Hand. Es sah aus, als dirigiere er ein unsichtbares Orchester. »Das kapier ich einfach nicht: Du warst bei der Polizei, Kripo, Superverdienst, und dann hörst du da auf? Haben sie dich rausgeschmissen, oder was ist passiert? Kein Mensch hört freiwillig bei der Kripo auf, niemand. Das ist doch so, als wär ich wie der Johann beim Finanzamt und sag eines Tages, jetzt schmeiß ich alles hin und werd Gaukler. So was macht doch kein Mensch.«
Süden sagte: »Ich bin Detektiv, kein Gaukler.«
»Hab ich schon kapiert, war ein Scherz. Wieso bist du bei der Kripo ausgestiegen? Hast du wen erschossen?«
»Ich war bei der Vermisstenstelle«, sagte Süden. »Ich habe auf niemanden geschossen.«
»Aus dir wird man nicht schlau, Süden.«
»Aus dir auch nicht.«
»Ich bin ja auch nicht so schlau wie du.« Viebel grinste,

und die Zähne, die man nicht sehen konnte, dachte Süden, waren womöglich aus Glas. Er hob sein Schnapsglas. Der Wirt nickte ihm vielfach ermutigend zu, und sie tranken auf ex, weil Nipper in der Kneipe Hausverbot hatten.
»Das bayerische Verfassungsgericht«, sagte Nickl übergangslos, »hat das übrigens in einem Urteil festgeschrieben.« Charlotte, Viebel, Schütze und Ring zündeten sich eine Zigarette an. Süden tränten längst die Augen, nicht nur vom Qualm. »In einer geschlossenen Gesellschaft darf geraucht werden. Das ist das Urteil, und das steht fest und ist gültig. In einer geschlossenen Gesellschaft ist Rauchen grundsätzlich erlaubt.«
»Grundsätzlich erlaubt«, sagte die Nymphe Viebel.
Süden dachte: Diese Gesellschaft ist nicht geschlossen genug. Und das dachte er noch öfter an diesem Nachmittag, der langsamer verging als je ein Nachmittag seines Lebens zuvor.
Am Ende war er zwar gewissenhaft bebiert, konservierte aber auf dem Heimweg einen glasklaren Gedanken: Die Spur zur verschwundenen Ilka Senner führte über die Frau des Wirts und über niemanden sonst.
Seine Wohnung, die im selben Stadtteil lag wie die Kneipe »Charly's Tante«, erreichte Süden erst nach knapp zwei Stunden. Zu allem Übel folgte er auch noch den Schienen der Straßenbahn in falscher Richtung.

»Du trinkst zu viel.«
Hauptkommissarin Birgit Hesse rührte in ihrem Cappuccino. Süden sah ihr dabei zu, weil er den Zweck der

Übung nicht begriffen. Sie hatte keinen Zucker reingetan. Nach ungefähr einer Minute hörte sie auf zu rühren, sah ihn an, zog die Stirn in Falten, schüttelte den Kopf und trank einen Schluck.

»Nein.« Süden hatte seinen Espresso bereits ausgetrunken. Sie standen am runden Tisch eines zu den Gleisen hin offenen Lokals im Hauptbahnhof, in dessen Nähe sich die Vermisstenstelle befand. In dem Gebäude gegenüber dem Südeingang des Bahnhofs hatte auch Süden früher seinen Schreibtisch, den er allerdings so oft wie möglich für Ermittlungen vor Ort verließ. Obwohl er seine Berichte fehlerfrei schrieb, hatte ihn das ewige Tippen der Protokolle zermürbt. Allein das akribische Ausfüllen der Vermisstenformulare vor jeder neuen Fahndung verlangte ihm einen Zentner Geduld ab. Wenn er nicht draußen oder in den leeren Zimmern der Verschwundenen sein konnte, erschien ihm seine polizeiliche Existenz so verpfuscht wie ein Spatenbier.

»Du trinkst zu viel«, wiederholte die dreiundfünfzigjährige Kommissarin.

»Erzähl mir etwas über Ilka Senner.«

»Außerdem hast du zugenommen.« Ihr Blick wischte über sein weißes, bauchvolles Hemd, seine schwarzen Jeans und noch einmal über sein Gesicht. »Ist dein Rasierapparat kaputt?«

Süden schwieg.

»Deine Augen sind gerötet. Du achtest zu wenig auf dich. Wie alt bist eigentlich inzwischen?«

»Ein Jahr jünger als du.«

»Woher weißt du, wie alt ich bin?«
»Ich weiß es nicht.«
Sie trank einen Schluck und leckte sich die Lippen.
»Ich bin zweiundfünfzig«, sagte Süden.
»Dann hattest du recht.«
Er hätte sie auf höchstens Mitte vierzig geschätzt. Er wusste nicht, warum er den Satz gesagt hatte, vermutlich war er noch nicht angemessen entbiert.
»Also, Hellseher.« Birgit Hesse holte einen Zettel aus ihrer grünen Strickjacke, die sie über ihrem beigefarbenen Kleid trug. Der Duft ihres Parfüms versöhnte Süden schon die ganze Zeit mit seiner olfaktorischen Erinnerung an den gestrigen Zigarettenstadl.
»Hier hab ich ein paar Stichpunkte notiert. Du weißt, die meisten Kollegen sehen das nicht gern, wenn sich Detektive in unsere Arbeit einmischen, erst recht nicht ehemalige Polizisten. Ich bin für jede Unterstützung dankbar. Ich hör mir auch schon mal den Sermon von Hellsehern und Pendelschwingern an. Einmal haben wir auf diese Weise sogar jemanden gefunden, einen Mann, der an der Benediktenwand abgestürzt war, da hat uns die Hellseherin praktisch zu der Stelle geführt, wo der Mann lag. Schon eigentümlich.
Also, die Ilka Senner. Letztes Telefonat am ersten Juni, danach war das Handy aus. Ihre Mutter, fünfundsiebzig Jahre, hatte einen Herzinfarkt, ist inzwischen einigermaßen über den Berg, spricht aber kaum noch ein Wort. Sie behauptet, ihre Tochter sei in Urlaub gefahren. Ich weiß, ich hab dir gesagt, in der Wohnung deutet nichts darauf

hin, und ihre Mutter ist auch die einzige Person, die den Urlaub erwähnt hat. Ilkas Freundin, Margit Großhaupt, weiß nichts davon. Ich hab dir die Telefonnummern und die Adressen auf den Zettel geschrieben.

Ilkas Vater starb, da war das Mädchen sieben. Ilka hat noch eine Schwester, Paula, die ist ein Jahr älter als du und hat bis vor einem Jahr in Berlin gelebt. Sie kam wegen ihrer kranken Mutter zurück, trotzdem scheint mir die Verbindung zwischen den beiden nicht sehr eng zu sein. Das gilt wohl auch für Ilka und ihre Mutter. Auch das Verhältnis der beiden Schwestern ist eher kühl bis kalt. Sie haben sich lange nicht gesehen, sie hatten wenig Kontakt. Paula ist wie ihre Schwester unverheiratet, wohnt zurzeit in der Kreuzstraße hinterm Sendlinger Tor und arbeitet in einer Boutique in Schwabing. Wo sich ihre Schwester aufhalten könnte, weiß sie nicht.«

Birgit Hesse hatte den Zettel auf den Tisch gelegt und blickte zu den ankommenden Zügen und dem Gewusel der Menschen auf und vor den Bahnsteigen. Süden stellte sich neben die Kommissarin und sah ebenfalls hinaus. Nach dem grauen, verregneten Wochenende war die Sonne zurückgekehrt, das Licht strömte wie beschwingt in die Halle. Süden bildete sich ein, sogar die Stimmen der Ansagerinnen würden weniger blechern klingen als sonst, erwartungsfroh, aufmunternd.

»Morgen lassen wir in den Zeitungen ein Lichtbild veröffentlichen«, sagte Birgit Hesse. »Übrigens hat sie kein Auto, sie hat ein Fahrrad, das sie aber selten benutzt, es steht abgeschlossen im Hinterhof.«

Süden sagte: »Dass sie am ersten Juni telefoniert hat, beweist nicht, dass sie noch in München war.«
»Natürlich nicht. Wir haben die Leitungen überprüft, sie hat von zu Hause angerufen, definitiv, und auch nur ihre Freundin Margit.«
»Worüber haben die beiden geredet?«
»Das ist allerdings etwas eigentümlich. Margit behauptet, es ging um einen Ausflug, den beide am Dienstag unternehmen wollten, wenn die Kneipe, in der Ilka bedient, geschlossen hat. Angeblich wollten sie an der Isar entlangradeln, nach Schäftlarn, irgendwo einkehren und wieder zurückfahren. Das würden sie im Sommer öfter machen. Ich war dann noch mal in dem Friseurladen, als Margit Mittagspause hatte, ich hab extra vorher angerufen, um ihr nicht zu begegnen. Ihre Chefin sagt, Margit hätte an diesem Dienstag arbeiten müssen, da war kein freier Tag eingetragen.«
»Du bist eine Hellseherin.«
»Ich mach meine Arbeit. Am Abend bin ich zu ihr in die Wohnung. Und was sagt sie?«
»Sie hätte vergessen, dass sie arbeiten muss, und wollte Ilka absagen ...«
»... Aber das Handy war aus.«
Nach einem Schweigen, das Birgit Hesse nicht unterbrach, sagte Süden: »Ihr habt das Handy geknackt, und es war keine Nachricht auf der Mailbox. Aber Margit behauptet, sie hätte draufgesprochen.«
»Wie recht du hast.«
Wieder sagten sie eine Weile nichts, und diesmal unter-

brach er ihr Schweigen nicht. »Sie gab sofort zu, gelogen zu haben. Sie behauptet, sie habe sich geschämt und am nächsten Morgen noch mal anrufen wollen, aber das habe sie dann in der Hektik vergessen.«

»Ihr beschattet sie jetzt.«

»Wir haben keine Leute«, sagte Birgit Hesse. »Wir müssten das auf eigene Faust machen, weil wir für die Aktion keine richterliche Genehmigung kriegen, der Aufwand wär viel zu teuer angesichts der dürftigen Beweise. Warum macht die Frau das?«

»Ilka hat ihr gesagt, dass sie eine Zeitlang verschwinden muss und sie sich keine Sorgen machen soll, aber zu niemandem ein Wort sagen darf.«

»Dann weiß Margit, wo sich ihre Freundin aufhält.«

»Glaube ich nicht.«

»Wieso nicht?«

»Ilka ist kein Mensch, der anderen Geheimnisse anvertraut.«

»Woher willst du das wissen?«

»Ich weiß es nicht«, sagte Süden und sog den Parfümduft ein. »Ihre Freunde in der Kneipe beschreiben sie als sehr zurückhaltend, verschwiegen, eigenbrötlerisch.«

»Du hast gesagt, die hätten alle nur wirr durcheinandergeredet.«

»Wirr, aber nicht irr.«

»Nicht nur ein Hellseher, sondern auch ein Dichter.« Die Kommissarin sah auf ihre Uhr, die ein rotes Zifferblatt mit einem Motiv hatte, das Süden nicht erkennen konnte. Am liebsten hätte er den Kopf vorgestreckt, zum Epizentrum des Duftes hin, der ihn ein wenig ins Wanken brachte. »In zehn Minuten haben wir unsere erste Besprechung. Kümmerst du dich heut noch um Margit Großhaupt?«

»Wenn Ilka ihr Handy einfach mitgenommen hätte, wäre ihre Freundin mit ihren Lügen durchgekommen«, sagte Süden.

»Warum hat sie das Handy nicht mitgenommen?«

»Vielleicht hat sie es vergessen.«

Die Kommissarin sah ihm in die Augen, zog die Stirn in Falten und lächelte. In sommerlichem Überschwang stimmte Süden in dieses Lächeln mit ein. »Auf die Idee bin ich überhaupt nicht gekommen. Wieso eigentlich nicht? Wir dachten natürlich gleich, das sei ein Hinweis auf einen geplanten Suizid. Vergessen! Wieso nicht? Hast du schon mal dein Handy vergessen?«

»Ich benutze es fast nie«, sagte Süden. »Meine Chefin hat es mir aufgezwungen.«

»Du hast es auch nicht leicht.« Sie streckte ihm die Hand hin. »Servus, Süden, ruf mich an, wenn du was erfahren hast.«

Er gab ihr die Hand, und sie machte sich auf den Weg durch die Halle. Süden sah ihr hinterher. Seine Blicke tummelten sich auf ihrer wiesengrünen Jacke. Er wusste nichts von der Kommissarin, außer ihr Alter und dass sie nichts gegen Hellseher hatte. Ihr Gesicht war hell und unscheinbar, wie ihr Wesen. Sie machte kein Aufhebens von sich, aber ihre Wachsamkeit war so deutlich Teil ihrer Persönlichkeit wie die Wahl ihres Parfüms. Um den Hals trug sie eine schmale goldene Kette, die fast nicht zu ihr passte und vielleicht ein Erbstück war, an den Fingern keine Ringe. Ihre Fingernägel waren matt und kurz geschnitten. Wenn sie ging, wirkten ihre Bewegungen vollkommen ruhig. Als sie das Restaurant verließ, hatte Süden einen Moment lang den Eindruck, sie wollte sich noch einmal umdrehen, was sie dann nicht tat.

Erst jetzt warf er einen Blick auf den Zettel. Auf der Vorderseite hatte Birgit Hesse mehrere Namen mit Telefonnummern und Adressen notiert, auf der Rückseite stand: »Meld dich mal, wenn du magst, vielleicht geb ich dir 1 Bier aus.«

3 In seiner Zeit als Übergangsober am Kölner Eigelstein hatte er in Gregoris Friseurladen bei jedem Besuch ein Handtuch über den Spiegel hängen lassen. Er konnte sich unmöglich dreißig Minuten lang in die Augen schauen. Auch ertrug Süden Gregoris Spiel mit der Schere nicht, deren Klacken und Schnappen einen unheimlich anmutenden Rhythmus erzeugte. Süden genügte, dass etwas auf und hinter seinem Kopf passierte, für das er am Ende bezahlte, ohne haarklein die Einzelheiten zu kennen.

Anders als Margit Großhaupt in der Münchner Sonnenstraße hatte Gregori sein Handwerk nicht nach dreijähriger Ausbildung mit einer Gesellenprüfung abgeschlossen, sondern sich das Schneiden und Rasieren weitgehend blutlos bei einem Minsker Mitemigranten, der später die Branche wechselte und erschossen wurde, selbst beigebracht. Süden war überzeugt, dass Gregori Vidal Sassoon bis heute für einen südkoreanischen Geheimagenten hielt.

Im Salon an der Sonnenstraße hatte Süden zuerst gezögert, nach einem großen Handtuch zu fragen. Dann bat er Margit Großhaupt darum, und sie sagte: »Das ist nicht Ihr Ernst.«

»Doch.«

»Ich arbeite mit dem Spiegel, Sie sind doch nicht zum ersten Mal beim Friseur.«

»Nein.«

»Ich weiß nicht, was ich sagen soll.«
»Holen Sie ein Handtuch, hängen Sie es vor den Spiegel, dann erkläre ich Ihnen, was Sie sagen sollen.«
»Wie sieht das denn aus, wenn da ein Handtuch hängt?«
Süden hatte nasse Haare und ein Handtuch über der Schulter. Auf der anderen Seite des Raums saßen zwei Frauen, von denen die eine sich die Haare föhnte und die andere, Lockenwickler im Haar, in einer Illustrierten blätterte und zwischendurch an ihrem Glas Prosecco nippte.
»Ich kann das nicht machen.«
»Dann bezahle ich Ihnen das Waschen, und wir unterhalten uns trotzdem«, sagte Süden.
»Sie müssen das verstehen mit dem Handtuch. Wenn meine Chefin das sieht, flieg ich raus.«
»Wegen eines Handtuchs vor dem Spiegel?«
»Das wär absolut unprofessionell, so was zu machen.«
»Ich habe das immer so gemacht.«
»Aber wieso denn?«
»Wir gehen ins Café nebenan«, sagte Süden.
»Das darf ich nicht, ich hab Dienst.«
»Dann reden wir hier.«
»Erst föhn ich Ihre Haare.«
»Die trocknen freiwillig.«
»Wenn Sie meinen.«
Nachdem er bezahlt hatte, begleitete Margit ihn trotz ihrer Bedenken vor die Tür. Süden hatte versprochen, ihrer Chefin, falls sie auftauchen sollte, die Situation zu erklären.

Auf der Sonnenstraße schoben sich die Autos in Dreierreihen von Ampel zu Ampel. Musik und die Stimmen überdrehter Radioansagerinnen dröhnten aus geöffneten Fenstern. In der Mitte der Fahrbahn rauschten Straßenbahnen vorüber. Auf dem Bürgersteig drängten sich die Passanten. Kinder auf Fahrrädern erzeugten in Sekundenschnelle Wutbürger, deren graues Geraunze eine Gruppe asiatischer Touristen verblüffte wie Sushi an Sauerkraut und zum kollektiven Lachen brachte.
»Sie machen sich keine Sorgen um Ihre beste Freundin«, sagte Süden, der neben der Friseurin vor dem Schaufenster stand, die Hände hinter dem Rücken verschränkt, mit einem angenehm kühlen Empfinden am Kopf.
»Wer behauptet denn so was? Ich mach mir schon Sorgen. Glauben Sie, mir ist das gleich, was mit Ilka passiert ist? Ich dachte, Sie wollten was wissen von mir, stattdessen beleidigen Sie mich.«
»Sie wissen nichts.«
»Bitte?«
»Ich habe mit der Kripo gesprochen, Sie wissen nichts, sagt die ermittelnde Kommissarin.«
»Ich weiß auch nichts.«
Süden schwieg.
Ein Taxifahrer hupte einen am Straßenrand einparkenden Autofahrer an. Er hupte, bis das Auto zum Stehen gekommen war, dann fuhr er im Schritttempo vorbei, fuchtelte mit der Hand, drückte aufs Gas, raste zur fünf Meter entfernten roten Ampel und bremste scharf ab. Für Münchner Taxifahrer, dachte Süden, galt das

Gleiche wie für weißrussische Friseure: Sie mussten ihren Beruf nicht von der Pike auf gelernt haben, um ihn gnadenlos auszuüben.
»Ich weiß nicht, wo Ilka ist«, sagte die fünfundvierzigjährige Friseurin und bemühte sich um ein ernstes Gesicht.
»Das glaube ich Ihnen.«
»Wirklich?«
»Was wissen Sie von ihr?«, sagte Süden. »Ist sie ein offener Mensch, eine Frau mit vielen Freundinnen?«
»Nein ... Sie ist ... Wenn man sie kennenlernt, wirkt sie vielleicht so ... so dass man denkt, man wird schnell warm mit ihr und sie redet mit einem und ist immer gut drauf. Das stimmt aber nicht. Sie ist nicht immer gut drauf, sie tut nur so. Ich mein das nicht abwertend, ich mein nicht, dass sie jemandem was vorspielt, dass sie falsche Sachen sagt oder lügt.
Wir kennen uns seit zehn oder zwölf Jahren, wir haben uns beim Schwimmen im Michaelibad kennengelernt, da sind wir beide früher oft hingegangen. Jetzt nicht mehr, schon lang nicht mehr, ich weiß gar nicht, wieso nicht. Danach hab ich sie regelmäßig in ihrer Kneipe besucht. ›Charly's Tante‹, nicht gerade meine Art von Stammkneipe, aber die Ilka fühlt sich da wohl, sie ist da zu Hause. Und sie kann gut mit Gästen, sie ist schnell und aufmerksam, die Leute, besonders die Männer, reden gern mit ihr, machen rum, sie ist ja allein, wie ich auch. Singles sind wir, in der Hauptstadt der Singles.
Was ich sagen will, ist, wenn man nur so mit ihr redet,

ein paar Witze macht, nichts Besonderes, nichts, was mal wichtig wäre, dann dreht sie voll auf und ist mittendrin. Sie verträgt auch eine Menge Alkohol, im Gegensatz zu mir, ich bin nach zwei Aperol Sprizz angetrunken, furchtbar ist das, lästig. Mit der Ilka kann man um die Häuser ziehen, was sie natürlich selten macht, weil sie jeden Tag arbeitet, außer dienstags. Wenn wir uns mal allein getroffen haben, hat sie mich immer ausgefragt, wie es meinem Vater nach seinem Skiunfall geht, wie meine Mutter nach der Scheidung allein zurechtkommt, solche Sachen, und ich hab mich ihr anvertraut. Von ihr dagegen hab ich wenig erfahren. Das liegt auch daran, dass sie nicht gern über ihre Familie spricht, hat sie nie getan, da ist eine gläserne Mauer zwischen ihr und ihrer Mutter und ihrer Schwester, die jetzt wieder in München lebt. Die hab ich einmal getroffen, seltsame Frau, die Paula, hartes Wesen, hasst Männer, glaub ich, aber lesbisch ist sie nicht, sagt die Ilka. Geht mich nichts an.
Ilka ist eher die Sanftmütige, die zeigt nicht, was sie fühlt, sie wischt Probleme vom Tisch und macht einfach weiter. Ich bewundere solche Menschen, bei mir muss immer alles raus, und hinterher geht's mir auch nicht besser.
Manchmal hab ich schon gedacht, die Ilka wollt nie was anderes sein als Kellnerin, tagaus, tagein in einem Lokal stehen, für andere da sein, Unterhaltung haben, die Leute alle beim Namen kennen, ihre Geschichten, ihre Nöte, ein paar Ratschläge erteilen, über Witze lachen, Gläser

spülen, Tische putzen, zusperren, schlafen. Und am nächsten Tag von vorn, und so das ganze Leben lang. Mach ich eigentlich was anderes? Ist doch überall derselbe Trott. Bloß die Ilka macht das alles gern, sie beklagt sich nie, hab noch nie gehört, dass sie mal über schwere Beine gejammert hätt, oder über die saufenden Stammgäste, die jeden Tag dasselbe Zeug erzählen, oder über ihren Chef. Ist mir ein Rätsel, wie man so ein Leben haben kann und niemals was auszusetzen hat. Begreifen Sie das? Irgendwann rastet doch jeder mal aus.«
»Als Ilka Sie am ersten Juni angerufen hat, ist sie aber nicht ausgerastet«, sagte Süden.
»Doch.«
Er wartete ab.
»Sie hat geschrien, so hab ich sie noch nie erlebt. Sie ... sie ist ausgeflippt, ich hab zuerst gedacht, sie ist sturzbetrunken, das können Sie sich nicht vorstellen. Und ich hab auch erst gar nicht verstanden, was sie mir sagen wollt, und, ehrlich, so genau weiß ich es immer noch nicht.«
»Davon haben Sie nichts der Polizei erzählt.«
»Weil die Ilka mich inständig darum gebeten hat. Sie hat mich angefleht, niemandem was zu sagen. Im Namen unserer Freundschaft hat sie gesagt. Das hat mich irgendwie eingeschüchtert.«
»Jetzt sind Sie nicht mehr eingeschüchtert.«
»Doch«, sagte Margit Großhaupt. »Von Ihnen. Soll ich Ihre Haare nicht doch ein wenig anföhnen.«
»Ich will nicht angeföhnt werden. Was hat Ilka vor?«

»Das weiß ich nicht.« Sie griff nach Südens Arm, ließ ihn aber sofort wieder los. »Ich darf niemandem sagen, dass sie plötzlich verschwinden muss, dass sie auf keinen Fall dableiben kann und dass alles ganz schrecklich sei. In diese Formulierung hat sie sich unglaublich reingesteigert, sie ist immer lauter geworden. Alles sei schrecklich und grauenhaft und völlig unsinnig, und überhaupt würden alle sie immer von oben runter behandeln und ihr Dinge anschaffen, die sie nicht will. Das gehe schon ein halbes Leben so, und jetzt würd sie es denen allen mal zeigen ... Ich konnte sie kaum beruhigen. Wen meint sie mit ›denen allen‹? Weiß ich nicht. Hat sie mir auch nicht gesagt. Sie hat geschimpft und getobt am Telefon, und am Ende hat sie mich noch mal beschworen, Stillschweigen zu bewahren. Dreimal hintereinander musst ich ihr versprechen, dass sie sich auf mich verlassen kann. Natürlich wollt ich wissen, was vorgefallen war. Keine Antwort. Wie hätt ich ahnen sollen, dass sie ihr Handy nicht mitnimmt, das war schlecht für mich. So hat die Polizei gleich gemerkt, dass ich gelogen hab. Ich hab aber nur wegen Ilka gelogen. Außerdem weiß ich ja wirklich praktisch nichts.«

Süden strich sich die Haare nach hinten, die noch nicht vollständig getrocknet waren. Das Shampoo hatte nach Aprikose gerochen. »Ilka sollte das Lokal weiterführen, die Brauerei hat ihr einen Vertrag angeboten.«

»Davon hat sie mir nichts erzählt. Das wär ja super.«

»Vor der Kneipe hat öfter ein Mann auf sie gewartet.«

»Wer denn?«

»Ein Mann, den sie offenbar kannte.«
»Ich weiß nichts von einem Mann.«
»Denken Sie bitte nach, Frau Großhaupt.«
Während sie den Mund verzog und angestrengt über die Straße schaute, tastete Süden nach dem Zettel in seiner Hosentasche.
Vielleicht war heute Abend ein guter Zeitpunkt für 1 Bier mit 1 Kommissarin.
»Mir fällt nur der Georg Mohn ein«, sagte die Friseurin. »Aber den hat die Ilka schon längst in den Wind geschossen. Der hat sie angebrüllt und geschlagen, so einer war das, ein aggressiver Choleriker. Ein einziger großer Irrtum. Das ist mindestens zwei Jahre her, seit sie den in die Wüste geschickt hat. Mich hat er auch versucht anzumachen. Eine Arschgeige wie aus dem Bilderbuch.«

In einem fünfstöckigen Haus in der Winzererstraße, dessen Fassade von einem Baugerüst verstellt wurde, rauchte die Arschgeige aus dem Bilderbuch in einer entkernten Erdgeschosswohnung gerade eine Zigarette, als Süden in der Tür auftauchte.
Das Gespräch zwischen ihm und Georg Mohn verlief von Anfang an weitgehend einseitig und auf übersichtlichem Niveau. Die Adresse hatte Süden von der Firma erfahren, in der Mohn als Fliesenleger arbeitete, was in den Augen des Arbeiters offensichtlich eine Art Landesverrat von Seiten der Sekretärin darstellte. Ungeniert beschimpfte er, in Gegenwart eines tschechischen Kollegen, die Sekretärin aus dem reichhaltigen Fundus seines

V- und F-Wörter-Wortschatzes, bevor er Süden fragte, ob dieser Angst vor einem Erdbeben habe.
»Nicht im Moment.«
»Wieso stehen Sie dann so verkrampft im Türstock?«
Die Tür war nur noch ein ausgefranster Durchgang. Süden roch die Ausdünstungen des kalten Gemäuers, den Mörtel, den Zement, das morsche Holz, das von der Sonne erhitzte Metall. Er wartete, bis Mohns Kollege durch eine Tür, deren Türstock ebenfalls herausgerissen war, in den Nebenraum ging. Mohn stand reglos im Flur, in einer grauen, mit unzähligen Taschen besetzten Latzhose, einem blauen, schmutzigen T-Shirt und grauen Turnschuhen, in denen er barfuß war.
»Ich suche nach Ilka Senner, Sie waren mit ihr befreundet. Helfen Sie mir, sie zu finden.«
Mohn drückte seine Zigarette in der Blechdose aus, die er die ganze Zeit in der Hand gehalten hatte. »Sie stören mich bei der Arbeit. Ob die Alte verschwunden ist, interessiert mich ungefähr so viel, wie wenn in Grönland ein Eskimo ausrutscht. Ist noch was?«
»Beschreiben Sie mir die Ilka, aus Ihrer Sicht.«
»Aus meiner Sicht? Aus meiner Sicht ...« Die Beschreibungen, die folgten, würde Süden nicht ins Protokoll aufnehmen. Er hörte zu und wunderte sich, dass er nicht auf den einundfünfzigjährigen, schmächtigen Mann mit dem mienenlosen, verhärteten Gesicht zutrat, in Atemnähe vor ihm stehen blieb und ihm einen Maulkorb verpasste.
Was Mohn über seine Ex-Freundin erzählte, klang wie

die Tirade eines jahrzehntelang gehörnten Ehemanns, dessen Frau ihm bei der Scheidung nicht nur seine gesamten Ersparnisse abgeluchst, sondern auch seinen Penis verknotet hatte. Die rabiaten Äußerungen des Fliesenlegers bildeten einen grotesken Gegensatz zu der Art, wie er sie vorbrachte – ohne Zornesgesten, ohne geifernden Unterton, ohne mimisches Begleitfeuerwerk. Nur seine Augen strahlten eine arktische Verachtung aus, die, wie Süden vermutete, nicht nur Ilka Senner betraf. Der Mann beschimpfte die Welt an sich. Nach zwei Minuten verstummte er und nickte ein paar Mal.
Süden wartete, bis die Luft zur Ruhe gekommen war, dann warf er einen Blick in das leere Zimmer rechts von ihm. »Der Estrich ist getrocknet.«
»Das ist Trockenestrich, Sie Superexperte«, sagte Mohn. Er wandte sich zum Durchgang, durch den sein tschechischer Kollege verschwunden war. »Tschicko!«, schrie er. »Hau rüber, du Penner, weiter geht's.« Er machte eine Kopfbewegung, Süden solle Platz machen, und zwängte sich an ihm vorbei nach draußen. Süden folgte ihm.
»Was ist passiert, dass Sie so über Ilka reden, Herr Mohn?«
»Was passiert ist? Was passiert ist? Was passiert ist, hab ich grad erklärt, die Alte ist eine blöde Sau, das ist passiert.«
»Ilka ist keine blöde Sau«, sagte Süden.
»Kennen Sie sie? Ha?«
»Ich kenne sie nicht, ich suche nach ihr.«

»Wenn Sie sie kennen würden, würden Sie nicht so daherreden. Diese Frau spielt Ihnen Tag und Nacht was vor, von morgens bis abends, die ist nicht echt, kapieren Sie das nicht? Die gibt's in echt nicht, die Alte, die lügt dich voll und denkt, du merkst nichts. Ich bin kein Mülleimer, wo eine Frau ihren Dreck reinwirft. Hat die von mir gedacht, dass ich so einer bin. Mit der bin ich fertig. Wenn die mir noch mal über den Weg läuft, schneid ich ihr mit dem Papageienschneider ein zweites Loch in den Arsch. Ist das deutlich? Hab ich mich so ausgedrückt, dass Sie das schnallen?«

Süden schwitzte in der prallen Sonne. Er musste gehen, durch die Schatten der Häuser, in eine unbestimmte Richtung. Unterwegs sein, still, abseits allen menschlichen Gebells.

Obwohl er eigentlich kein Wort mehr verlieren wollte, sagte Süden: »Sagen Sie zum Abschied noch etwas Freundliches über Ilka Senner.«

»Sind Sie taub, Meister?«

»Sagen Sie das einzig Nette, das Ihnen zu Ilka einfällt.«

Für diesen Satz schämte sich Süden fast.

»Keine Chance, Meister.«

Süden schwieg. Tschicko tauchte unter dem Baugerüst auf, in der einen Hand einen blauen Plastikkasten mit Zangen, einem Fliesenschneider, einem Fugenbrett, einem Hammer und einer Menge sonstigem Werkzeug, in der anderen eine Wasserwaage. Georg Mohn sah Süden an, dann schüttelte er den Kopf und blickte zur Straße.

Ein etwa dreijähriger Junge, der ein rotes Baseballkäppi trug, trippelte mit seinem pedallosen Holzfahrrad vor seiner Mutter her auf die andere Straßenseite. Nach vorn gebeugt, legte er sich wie ein Rennfahrer ins Zeug. Auf dem Trottoir fuhr er einfach weiter, ohne auf die Rufe seiner Mutter zu achten.

»Angeblich«, sagte Mohn und ging zu seinem Kollegen, »hätt sie gern ein Kind mit mir gehabt. Aber das ging dann nicht, weil sie will nämlich nicht schuld an einem Kind sein. Ist die Alte blöd oder ist die Alte saublöd? Viel Spaß bei der Suche.«

Süden sagte: »Hätten Sie auch gern ein Kind mit ihr gehabt?«

»Ich hab schon eins, der Bub lebt bei seiner Mutter. Und jetzt schleich dich, das ist eine Baustelle, für Unbefugte Zutritt verboten.«

Süden blieb stehen, bis die beiden Männer im Haus verschwunden waren. Schweiß lief ihm übers Gesicht. Er schwankte ein wenig, und sein Herz hatte keinen guten Rhythmus.

Manchmal, dachte er, reichten fünfunddreißig Jahre Menschentraining im Mord- und Vermisstendezernat nicht aus, um nach der Zeugenschaft bei einem nicht strafbaren Verbrechen gegen die Menschlichkeit dienstbeflissen in den Alltag zurückzukehren.

Manchmal, wie jetzt, ging er durch die Straßen und fischte aus jedem Gesicht einen stinkenden Blick.

Einmal, vor vielen Jahren, hatte er seinen besten Freund und Kollegen Martin Heuer mitten in einer polizeilichen

Vernehmung gepackt und auf den Boden geworfen, weil er dessen Selbstgenügsamkeit nicht mehr ertrug.

Manchmal war Süden froh, dass er, seit sein Freund nicht mehr am Leben war, niemanden hatte, dem er sein inneres Toben offenbaren konnte.

Am Nachmittag dieses vor Sonne überschäumenden vierten Juli vermisste er Martin Heuer maßlos.

4

»Mich dürfen Sie da nicht fragen«, sagte Paula Senner. »Ich weiß mehr oder weniger nichts von meiner Schwester.«

Sie saßen in einem dieser Cafés auf der Hohenzollernstraße, die die Schwabinger für italienisch hielten. Niedrige runde Tische, unbequeme Stühle auf dem Bürgersteig, laute Radiomusik, lauwarmer Kaffee, raffiniert angebrannte Tramezzini. Kellner, die vor Lässigkeit im Stehen stolperten und Blondinen beschallten, die beseelt am Latte macchiato oder Aperol Sprizz nippten und einander auf so unheimliche Weise ähnelten, dass Süden fürchtete, sie kämen aus unterirdischen Klon-Laboratorien rund um den Starnberger See.

Süden sagte: »Wen soll ich sonst fragen?«

»Die Polizei hat mich auch schon gefragt, wir hatten sehr wenig Kontakt, Ilka und ich. Im letzten Sommer bin ich nach München gekommen, weil meine Mutter einen schweren Herzinfarkt hatte, und seitdem bin ich wieder hier. Hab mich entschieden zu bleiben. Wegen meiner Mutter, aber auch so. Ich war über fünfundzwanzig Jahre in Berlin, tolle Zeit, der alte Westen, die Freiheit der Unfreiheit. Ich hab in einer Schneiderei gearbeitet, in einer Töpferei, in einer Buchhandlung, von der Hand in den Mund. Aber dann, so vor zwei, drei Jahren, hatte ich den Eindruck, es langt, und ich dachte, ich könnte München vielleicht wieder aushalten. Und dann rief meine Schwester an und sagte, unsere Mutter liegt im Kranken-

haus, die Ärzte wüssten nicht, ob sie durchkommt. Da habe ich meinen Koffer gepackt, mich in den Zug gesetzt, und das war's. Ich bin ungebunden, mir reicht ein Zimmer mit Balkon, im Moment geht's mir gut in der Boutique hier nebenan, mal schauen, wie lang ich's ertrage. Die Leute, auch die Frauen, sind schon sehr speziell hier, anders als in Berlin. Obwohl ich am Kollwitzplatz heute auch nicht mehr wohnen wollte. Waren Sie in letzter Zeit mal in Berlin?«
»Nein«, sagte Süden.
»Wann zum letzten Mal?«
»Kurz nach der Maueröffnung.«
»Kommt mir vor, als wär's ewig her.«
»Nach Ihrer Rückkehr haben Sie viel Zeit mit Ihrer Schwester verbracht«, sagte Süden. »Im Krankenhaus, im Gasthaus, später, als es Ihrer Mutter wieder besser ging. Sie müssen sich persönliche Dinge erzählt haben, nach so langer Zeit.«
Paula Senner hob ihr Wasserglas und sah eine Weile über die Straße, bevor sie einen Schluck trank und das Glas neben den Teller stellte, auf dem ihr halbgegessenes Tramezzino lag.
Sie war dreiundfünfzig, hatte gelockte dunkelbraune Haare, die allmählich grau wurden, ein schmales, von schwungvollen Lebenslinien gezeichnetes Gesicht und schwarze, klar blickende Augen. Sie trug ein braunes, schlicht geschnittenes Kleid und an der linken Hand einen Ring mit einem türkisfarbenen Stein. Ihre Haut war sonnengebräunt, und auch wenn sie selten lächelte und

die meiste Zeit aufrecht, fast reglos dasaß, strahlte sie eine Entspanntheit aus, als hätte sie jegliche Terminlastigkeit ein für alle Mal überwunden.

»Wir waren schnell durch mit den persönlichen Dingen«, sagte sie. »Ilka hat mir erzählt, wo sie sechs Tage in der Woche arbeitet, und ich habe ihr erzählt, dass ich in den vergangenen vier Jahren in einer Buchhandlung gejobbt habe. Viel mehr war da nicht an Intimitäten, wenn Sie das meinen.«

»Das meine ich.« Süden verzichtete auf einen letzten Schluck aus der Kaffeetasse der verlorenen Bohnen. »Niemand verschwindet ohne Grund, oft treiben mehrere Gründe jemanden aus seinem Lebenszimmer. Ilka muss Andeutungen gemacht haben, irgendetwas muss Ihnen ungewöhnlich, irritierend erschienen sein. Jemand rief an, den Ilka nicht sprechen wollte. Sie beantwortete bestimmte Fragen nicht, die Sie ihr stellten. Ich will wissen, was Sie vermuten, was Sie dachten, nachdem Sie wieder allein in Ihrer Wohnung waren. Vermutlich haben Sie Ihrer Schwester deshalb so wenig von sich selbst erzählt, weil sie auch nicht reden wollte. Aber Sie hätten schon gern mehr gewusst.«

Paula lächelte und spitzte den Mund. »Das ist wahr, was Sie sagen.«

»Signora«, sagte Francesco, der Kellner und Alleinunterhalter, von der offenen Tür aus, wo er sich plötzlich materialisiert hatte. »Darf ich Ihnen noch etwas bringen? Einen Aperol Sprizz zur Erfrischung, mit Prosecco oder Weißwein.«

»Danke«, sagte Paula. »Ich bin erfrischt genug.«
»Und für den Herrn noch einen Kaffee? Espresso, Latte macchiato.«
»Danke«, sagte Süden. »Ich bin schon wach.«
Im Namen des heiligen Francesco, dem Schutzpatron belustigter Blondinen, warfen ihm die beiden Frauen vom Nebentisch sowie eine Frau, die sich, an ihr iPhone geklammert, gerade an einen anderen Tisch setzte, vernichtende, von keinem Gucci-Modell abzufedernde Blicke zu.
»Hab mich nämlich gefreut, meine Schwester wiederzusehen«, sagte Paula und lächelte immer noch. »Sie hat mich ja nie besucht in all den Jahren, kein einziges Mal. Am Anfang war mir das egal, ich wollte bloß raus aus München und weg und mich nie mehr umschauen. Haben Sie so was schon mal erlebt? Sie wollen sämtliche Brücken abbrechen und sogar bestimmte Erinnerungen auslöschen, innerlich werfen Sie Ihr altes Leben weg wie einen von Motten zerfressenen Mantel. Sie wollen nur noch nach vorn schauen und halten sich die Ohren zu, wenn Sie irgendwelche Echos aus der Vergangenheit wahrnehmen. Können Sie das verstehen?«
»Das verstehe ich sehr gut«, sagte Süden.
»Haben Sie was Ähnliches getan?«
»Ja.«
»Was war der Anlass?«
»Mein Beruf«, sagte Süden. »Ich war bei der Kripo.«
»Zu viele Tote gesehen, zu viele Opfer?«
»Zu viele Vermisste, die ich zurückbrachte und die ihr altes, totes Leben dann weiterführen mussten.«

»Besser, Sie hätten sie nicht gefunden«, sagte Paula.
»Ich erfüllte meinen Dienst.«
»So was Ähnliches hat Ilka auch gesagt, wenn ich sie gefragt habe, ob wir nicht mal einen Tag raus aufs Land fahren könnten, an die Seen, ins Grüne, in den supermalerischen Chiemgau. Da sagte sie immer, sie müsse arbeiten, sie habe Dienst, nichts zu machen.«
»Sie fuhren dann allein in den supermalerischen Chiemgau.«
»Ja. Nach Seeon. Wollte sehen, ob mein Ex-Mann schon auf dem Friedhof liegt. Zu früh gefreut.«
»Sie sind wegen ihm nach Berlin gegangen«, sagte Süden.
»Ich dachte, bevor er mich totprügelt und ich dann auf dem Friedhof von Seeon lande, hau ich besser ab. Das habe ich getan. Ich war einundzwanzig, als wir heirateten, er vierunddreißig. Hatte ein erfolgreiches Busunternehmen, eine Zweitwohnung in Laim, BMW. Der Schnurrbart hätte mich stutzig machen sollen.«
Sie lächelte, kürzer als vorher, doch ohne Verbitterung.
»Die Methoden kannte ich von unserem Vater. Er konnte unfassbar charmant sein, beinahe zärtlich, und einen Tag später nur noch grausam und eisig. Wir hatten ein Fahrradgeschäft und dazu einen Spielzeugladen, vorn in der Schleißheimer, in der Nähe vom Nordbad. Meine Eltern arbeiteten beide, mein Vater hauptsächlich in der Werkstatt, meine Mutter im Laden, in dem man auch Fahrräder kaufen konnte. Lief alles gut.«
»Ihre Mutter hat Sie und Ihre Schwester nicht in Schutz genommen?«

»In Schutzhaft. Unsere Mutter stand im Laden, kochte das Essen, zog uns saubere Wäsche an und verbrachte jedes Wochenende mit Putzen vom Geschäft und der Werkstatt. Ilka und ich mussten ihr dabei helfen. Wenn wir Schule hatten und mittags nach Hause kamen, war der erste Weg in die Werkstatt, fertig reparierte Räder polieren oder im Laden Schachteln einräumen, Spiele sortieren, alles Mögliche. Die Hausaufgaben fielen meistens aus.

Nein, unsere Mutter ließ unseren Vater gewähren, sie stellte sich nie vor uns. Ilka hat mehr darunter gelitten als ich, mich mochte sie, Ilka hat sie mehr oder weniger nur geduldet. Meine Schwester ist sieben Jahre jünger, eine Nachzüglerin, die nicht eingeplant war. Ob ich eingeplant war, weiß ich nicht, wahrscheinlich bin ich genau so überraschend auf der Welt aufgetaucht, wie mein Vater aus der Welt gegangen ist.

An einem Samstagvormittag kippte er in der Werkstatt um und war tot. Herzstillstand. Ilka war bei ihm, sie war sieben, unsere Mutter hatte sie mit einer Thermoskanne Kaffee und einer Butterbreze runtergeschickt. Sie hatte die Breze und die Kanne noch in der Hand, als meine Mutter und ich in die Werkstatt kamen, nachdem ein Kunde bei uns Sturm geklingelt hatte. Er war unmittelbar nach dem Tod meines Vaters aufgetaucht, und weil Ilka nur wie erstarrt dastand, hat er sich auf den Weg gemacht. Wir wohnten im Haus gegenüber.«

Wieder schaute Paula über die Straße, als beobachte sie jemanden oder etwas. Dabei wirkte sie nicht angespannt oder traurig, eher konzentriert, wachsam. »Er war dann also weg, unser Vater, und ich gestehe, ich habe am offenen Grab nicht geweint. Meine Schwester schon, meine Mutter auch. Vielleicht war ich deswegen so kühl, so gezwungen unbeteiligt: weil ich die Tränen meiner Mutter für verlogen hielt. Weil ich mir wünschte, sie hätte öfter mal eine Träne wegen uns vergossen, wegen Ilka und mir, wenn mein Vater wieder mal eine von uns in den Keller gesperrt hat, weil wir ein Rad nicht gut genug geputzt oder in der Schule schlechte Noten geschrieben hatten. Wie soll man in der Schule was leisten, wenn man keine Hausaufgaben machen darf? Mir fielen nachts die Augen zu, wenn ich noch rechnen oder einen Aufsatz schreiben musste. Ilka hatte bald kapituliert, sie machte ihre Hausaufgaben immer seltener, trotzdem schaffte sie den Übertritt von der Volksschule auf die Realschule. Mich haben sie aufs Gisela-Gymnasium geschickt, damit ich mal studiere und irgendwas werde. Was genau, hat mir niemand gesagt. Ich habe das Abitur tatsächlich geschafft, drei Komma eins, das reicht, wenn man nichts will.«

»Und dann lernten Sie den Busunternehmer kennen«, sagte Süden.

»Er hat mich bei der Gelegenheit auch gleich entjungfert und kurz darauf geschwängert. Ich hatte einen Abgang, danach habe ich die Pille genommen.«

»Hat Ilka die Realschule beendet?«

»Nein, sie fiel im ersten Jahr durch, wiederholte die Klasse, schaffte die sechste und blieb dann zu Hause. Sie vergrub sich in ihrem Zimmer, meine Mutter schickte mich zu ihr, damit ich sie zur Vernunft bringe, aber da war nichts zu machen. Sie wollte nicht mehr zur Schule, sie zitterte vor Angst, sie weinte jede Nacht. Nach einem Monat beschloss meine Mutter, sie zu Hause zu lassen.

Von da an half Ilka in der Werkstatt aus, meine Mutter hatte inzwischen einen alten Freund meines Vaters angestellt, der war gelernter Kfz-Mechaniker, kannte sich aber auch mit Fahrrädern aus. Mit Ilka an seiner Seite, die ziemlich geschickt war und keine Scheu vor den Kunden hatte, lief das Geschäft reibungslos weiter.

Währenddessen zog ich tatsächlich in den Chiemgau, half im Büro meines zukünftigen Mannes aus und schaute ihm beim Saufen zu, wenn seine Freunde zu Besuch kamen, die er noch aus dem Kindergarten kannte. Und ich ertrug seine Launen in der Nacht. Superschöne Hochzeit, Kloster Seeon, alles wunderbar. Ilka und meine Mutter waren auch dabei. Und zwei Jahre später – oder war es zwei Tage später? – habe ich kapiert, dass ich den ersten großen Fehler meines Lebens begangen hatte.

Wie gesagt, der große Fehler scheint noch am Leben zu sein. Aber ich bin es auch.

Neben den Schlägen und den Stimmungsschwankungen und der Trostlosigkeit in diesem Büro mit Blick auf Apfel- und Kirschbäume und grüne Wiesen und unfassbar rote Geranien auf den Balkonen waren diese Kindergartenfreunde meines Mannes das Schlimmste für mich. Männer mit Sprüchen so tiefsinnig wie Kuhfladen. Dagegen ist unser Kellner hier ein zärtlicher Frauenflüsterer. Die Freunde meines Mannes gingen mit fünfundzwanzig immer noch in die Grundschule. Jetzt fällt mir was ein.«

Schweigend warf sie Süden einen langen Blick zu. Dann sagte sie: »Weil Sie mich vorhin gefragt haben, ob Ilka mal einen Anrufer abgewürgt hat. Hat sie. Ein alter Schulfreund rief sie an, als ich bei ihr in der Wohnung war, sie wollte nicht mit ihm sprechen und beendete schnell die Verbindung.«

»Wissen Sie den Namen?«

»Ich glaube, sie nannte ihn Zeiserl.«

»Wann waren Sie bei ihr?«

»Vor über einem Monat«, sagte Paula. »Vielleicht länger.«

»Kurz vor ihrem Verschwinden.«

»Sie haben recht. Ja, daran habe ich gar nicht gedacht.«

Süden griff in die Innentasche seiner Lederjacke, die er auf den Stuhl neben sich gelegt hatte, und holte das Handy heraus, das seine Chefin ihm aufgedrängt hatte. Er schaltete es ein, stand auf. »Ich muss eine Kommissarin anrufen«, sagte er und entfernte sich einige Schritte vom Tisch. Der mittlerweile blondinenlose Francesco beobachtete ihn von der Tür aus.

»Kein Zeiserl auf der Anruferliste«, sagte Süden, nachdem Hauptkommissarin Birgit Hesse in der Akte nachgesehen hatte. »Auch kein ähnlich klingender Name. Danke. Und das eine Bier nehme ich auf jeden Fall in Anspruch.«

Er beendete das Gespräch, schaltete das Handy aus und ging zum Tisch zurück.

»Und Ihre Schwester kennt diesen Zeiserl aus der Volks-

schule«, sagte er und setzte sich unter den Augen Francescos, dessen Blicke die Hohenzollernstraße abgrasten, auf seinen Stuhl.
»Sie sagte: ein Blödmann aus der Grundschule.«
»Ein Blödmann aus der Grundschule.« Süden dachte an Ilkas Ex-Freund, die sogenannte Arschgeige aus dem Bilderbuch.
»So nannte sie ihn, weiter hat sie nicht über ihn gesprochen.«
»Ihnen sagt der Name nichts.«
»Nein«, sagte Paula.
Süden schwieg. Er hatte eine Spur und konnte sie nicht lesen.

Das Bild der Familie fügte sich noch nicht zusammen. Ein unberechenbarer Vater, der seine Töchter in den Keller sperrte, wenn er sie bestrafen wollte. Eine geduckte Mutter, die an der schulischen Ausbildung ihrer jüngsten Tochter offensichtlich nur geringes Interesse zeigte. Nach dem Tod des Vaters brach Ilka die Realschule ab, während Paula weiter das Gymnasium besuchte. Was passierte in dieser Zeit innerhalb der Familie? Führte die Mutter das autokratische Regime ihres Mannes weiter, ohne auf Widerstand zu stoßen? Paula Senner hatte kein Wort darüber verloren. Kümmerte sie sich um ihre sieben Jahre jüngere Schwester? Brachte sie ihr allgemeine Kenntnisse bei, die sie selbst gerade erst in der Schule gelernt hatte? Geographie, Literatur, Musik, Geschichten aus der großen Welt? Süden hatte nicht danach gefragt.

Er ging durch die Straßen Schwabings auf der Suche nach einem Blick in die Vergangenheit der verschwundenen Ilka Senner.
Für halb neun hatte er sich noch einmal mit Paula verabredet, die bis acht arbeiten musste. Etwas fehlte in ihrer Geschichte. Etwas hatte sie ausgespart, absichtlich oder weil es ihr zu gewöhnlich erschien. Auch die Sache mit dem Anrufer, den Ilka aus der Leitung geworfen hatte, kam Süden unvollständig und deshalb bedeutungsvoll vor.
Vielleicht irrte er sich.
Vom Kurfürstenplatz ging er weiter in westlicher Richtung, im kühlen Schatten der Häuser, in Gedanken an eine Wohnung, in der eine Frau und zwei Mädchen ein Leben in geübter Abhängigkeit führten. Die Flucht Paulas zu einem älteren Mann, den sie sofort heiratete, verwunderte Süden nicht, ebenso wenig ihr Umzug nach Berlin, nachdem ihre Ehe sich als ein ähnliches Gefängnis herausgestellt hatte wie ihr Elternhaus.
Ilka dagegen begehrte nicht auf – abgesehen davon, dass die Schule sie überforderte und sie den Unterricht verweigerte. Warum, dachte Süden, erhielt sie keinen Nachhilfeunterricht, entweder von ihrer Schwester oder einem Lehrer oder einer Mitschülerin? Wie reagierten Freunde und Bekannte auf die Entwicklung im Haus Senner? Paula hatte keinen einzigen Namen erwähnt, niemanden, der der Familie nahestand und gelegentlich zu Besuch kam. Als habe sich ihre Kindheit und Jugend in der Schleißheimer Straße ausschließlich in einem Kreis aus

vier, später drei Personen abgespielt. Als hätte eine lebendige Außenwelt nicht existiert.
Über den Hohenzollernplatz mit dem Brunnen und den leuchtenden Blumenrabatten und die Erich-Kästner-Straße erreichte Süden die Ausläufer des Luitpoldparks. Hier war er lange nicht mehr gewesen.
Eine Viertelstunde später lag er im Gras des ehemaligen Schuttbergs und sah zum wolkenlosen Himmel hinauf. Seine Jacke hatte er neben sich gelegt, das Hemd aus der Hose gezogen, Schuhe und Socken abgestreift und Arme und Beine von sich gestreckt.
Er dachte an seine Chefin Edith Liebergesell, die ihn so besser nicht sehen sollte, und versank minutenlang in Erinnerungen an die Zeit, als er mit Martin Heuer in Schwabing gewohnt und Dienst als Streifenpolizist geschoben hatte. Damals war er zwanzig Jahre alt, die Szenekneipen aus den Sechzigern existierten noch, und sein uniformiertes Auftreten quittierten die meisten jungen Leute, denen er begegnete, mit Hohn und Spott. Ohne seine grüne und beige Verkleidung jedoch gehörte Süden in Lokalen wie dem Atzinger oder Charivari genauso dazu wie jeder gewöhnliche Student oder Faststudent oder Langzeitstudent.
Weder er noch Martin hatten trotz ihres Abiturs eine Universität besucht. Alles, was sie wollten, war, ihr Heimatdorf Taging so schnell wie möglich zu verlassen und irgendeine Ausbildung zu beginnen, damit sie sich eine Wohnung in München leisten konnten. Es war Martins Idee gewesen, zur Polizei zu gehen, und Südens Idee, in

den Gehobenen Dienst zu wechseln, wo sie keine Uniformen tragen mussten. Im »Adria« an der Ecke Franz-Joseph- und Leopoldstraße tüftelten sie oft bis drei Uhr früh an einer gewissen Zukunftshaftigkeit, der sie beide gewachsen wären. Und eine Weile ging alles gut.
Für ihre Teamarbeit in der Mordkommission ernteten sie regelmäßig Lob, und später in der Vermisstenstelle entwickelte Süden seine wahren Fähigkeiten als Ermittler. Das Verschwinden seines besten Freundes in den Hinterzimmern der Nächte hielt er lange Zeit für ein Spiel, einen Spleen oder den Versuch, ein zweites, wildes Leben zu führen, fern jeglicher Dienstbeflissenheit. Doch Martin spielte nicht. Und als Süden ihn ans Tageslicht zurückholen wollte, griff er zu armseligen Maßnahmen, indem er Martin in seiner Wohnung einsperrte oder ihn während einer Vernehmung schüttelte und auf den Boden warf wie in der Kinderzeit, oder indem er ihn beschwor, einen Psychologen aufzusuchen.
Martin hauste in einem Kokon aus Abschied, den er schließlich mit einer Kugel aus seiner Dienstwaffe sprengte.
Nach fast einer Stunde unter der drückenden Sonne schreckte Süden aus dem Schlaf, schweißüberströmt, mit ruppig schlagendem Herzen. Hastig stopfte er seine Socken in die Jackentasche, schlüpfte in die Schuhe, warf die Lederjacke über die Schulter und flüchtete in den Schatten der Lindenbäume unterhalb des Hügels. Das Klingeln seines Handys ließ ihn zusammenzucken.
»Süden.«

»Paula Senner. Hab ich Sie aufgeweckt?«

»Nein.«

»Sind Sie gerannt? Sie keuchen so. Ich wollte Ihnen sagen, ich kann heut schon um sechs gehen, wir können uns früher treffen, falls Ihnen das passt.«

»Passt sehr gut. Wie verabredet, im Biergarten des Torbräus.«

»Das Lokal heißt nicht Torbräu, es heißt Wirtshaus am Sendlinger Tor, der Torbräu ist am Isartor.«

»Dann bin ich der Isartor«, sagte Süden.

»Bitte?«

»Halb sieben?«

»Einverstanden. Haben Sie schon eine Idee, wo meine Schwester sein könnte?«

»Sie haben mir etwas verschwiegen«, sagte Süden.

»Sicher nicht.«

»Sie haben vergessen, mir etwas Bestimmtes zu erzählen.«

»Was denn?«

»Das weiß ich nicht.«

»Sind Sie betrunken?«

Süden sagte: »Haben Sie Ihrer Schwester Nachhilfeunterricht gegeben? Hat jemand sich um Ilkas Allgemeinbildung gekümmert?«

Am anderen Ende blieb es still. Im Hintergrund hörte Süden Stimmen von Frauen, das Hupen eines Autos. Dann wurden die Straßengeräusche lauter. Anscheinend war Paula vor die Tür der Boutique gegangen. »Ich verstehe Ihre Fragen nicht«, sagte sie. »Meine Schwester

musste meiner Mutter im Geschäft helfen, das wissen Sie, und sie hatte ein Talent zum Reparieren von Fahrrädern, sie war handwerklich geschickt, ganz anders als ich. Ich weiß nicht, ob sie nebenher etwas aus Büchern gelernt hat, woher soll ich das wissen?«
»Sie lebten in ihrer Nähe.«
»Ich hatte genug mit meinem eigenen Stoff zu tun, ich habe mich schwergetan im Gymnasium. Glauben Sie, ich verheimliche Ihnen etwas?«
»Vielleicht verheimlichen Sie sich selbst etwas«, sagte Süden.
Wieder Stille, dann sagte Paula: »Sie meinen, ich hätte mich mehr um Ilka sorgen sollen. Hätte sie öfter mal von unserer Mutter fernhalten sollen. Hätte öfter mit ihr lesen und schreiben üben müssen. Wahrscheinlich haben Sie recht. Aber mit den Bürosachen hatte Ilka sowieso nichts zu tun, ich auch nicht, ich war ja in der Schule. Fürs Büro war die Mutter zuständig, niemand sonst, sie schrieb die Rechnungen, sie machte die Bestellungen. Den Schreibkram erledigte sie. Das war schon vor dem Tod unseres Vaters so, der hat auch nicht gern geschrieben, geschweige denn ein Buch gelesen. Verschwendete Zeit war das für ihn. Manchmal war das lustig, wenn Ilka eine Zeitung in die Hand bekam und mir was vorlesen wollte, sie verhaspelte sich bei jedem zweiten Wort. Und wenn sie mir mal eine Nachricht schrieb, war jedes Wort falsch. Hat mich nicht gestört. Ihre Stärke war das nicht, lesen und schreiben. Hören Sie mir noch zu?«

»Ja«, sagte Süden. »Vielleicht war Ihre Schwester eine Analphabetin.«

Paula gab ein Geräusch von sich, das Süden nicht deuten konnte. Es klang wie ein erschrecktes Seufzen. Dann sagte sie mit leiser, rissiger Stimme: »Das kann niemals wahr sein.«

Süden schwieg.

Als er etwas sagen wollte, brach die Verbindung ab.

Er bildete sich ein, Paula weinen gehört zu haben.

5 Blauer, dünner Rauch kräuselte sich im Licht der antiken grünen Lampe, hinter der Edith Liebergesell an ihrem Schreibtisch saß, mit gestrecktem Rücken, die Zigarette in der rechten Hand, an der sie ihre silberne Armbanduhr trug, die großen, dunklen Augen auf ihren Besucher gerichtet. Dieser hatte, wie es seiner Art entsprach, nicht vor ihr Platz genommen, sondern war stehen geblieben.
Die Chefin der Detektei war Mitte vierzig, geschieden und Mutter eines Sohnes, der im Alter von acht Jahren entführt und trotz einer Lösegeldzahlung von knapp einer Million Euro ermordet worden war. Die Täter wurden bis heute nicht gefasst.
Nach der Scheidung von Robert Schultheis, der mit seinem Büro »Schultheis & Partner« als einer der erfolgreichsten Immobilienmakler für hochpreisige Objekte in und um München galt, meldete Edith Liebergesell ein Gewerbe an und eröffnete eine Detektei. Ursprünglich wollte sie sich ausschließlich auf das Schicksal vermisster Kinder und Jugendlicher konzentrieren, musste dann aber ihr Aufgabengebiet erweitern, um überleben zu können. Gemeinsam mit zwei Mitarbeitern, einem ehemaligen Geschäftsmann um die sechzig, der als Rentner nicht vor Langeweile eingehen wollte, und einer jungen, nicht ausgelasteten Barfrau, nahm sie bald Aufträge für Ermittlungen jeder Art an, darunter Observationen von Leuten, die entweder vor Schuldnern auf der Flucht wa-

ren, außereheliche Liebschaften pflegten oder Unterhaltszahlungen mit der Begründung verweigerten, sie besäßen kein Einkommen, während sie – was oft nicht schwer zu beweisen war – einer regelmäßigen Beschäftigung nachgingen.

Nicht immer waren die Auftraggeber bessere Menschen als die Zielpersonen. Nicht immer entschädigte ein Stundenlohn von fünfundsechzig Euro für den inneren und äußeren Aufwand an Lügen und Verstellungen, der notwendig war, um eine Wahrheit herauszufinden, die am Ende niemandem Glück brachte.

Oft kam Edith Liebergesell sich wie ein Spitzel vor, gelegentlich wie der Fußabstreifer eines Spitzels.

Im Gegensatz zu den meisten ihrer Kollegen besaß sie keine Pistole, nicht einmal einen Waffenschein, den sie als angemeldete Detektivin ohne Mühe bekommen hätte.

Wenn sie sich wegen einer Beschattung verkleiden musste, lachte sie sich jedes Mal im Spiegel aus. Niemand, dachte sie, nicht einmal der betrunkenste Fremdgeher, würde sie für eine andere halten. Jeder, glaubte sie, würde mit dem Finger auf sie zeigen und rufen: Da kommt die übergewichtige Detektivin!

Merkwürdigerweise war das noch nie passiert.

Seit Tabor Süden bei ihr eingestiegen war, zuständig für Vermissungen und sonst nichts, ertappte sie sich bei der Überlegung, die eine oder andere Mahlzeit und dazu das eine oder andere alkoholische Getränk wegzulassen und wieder einmal die Waage aus dem Keller zu holen.

Logischerweise reagierten auch bei ihr bestimmte Organe eher gleichgültig auf selbstherrliche Direktiven des Gehirns.

Sie drückte die Zigarette in ihrem weißen Aschenbecher aus, der sich irgendwo auf ihrem mit Schreibutensilien, Büchern, Heften und Akten überfüllten Schreibtisch befand. Über alldem thronte ein alter Globus aus Holz.
»Soll ich für dich die Unterlagen aus der Grundschule besorgen?«, sagte sie, nachdem Süden seinen Bericht beendet hatte. »Ich finde raus, wer dieser Zeiserl war.«
»Zuerst spreche ich noch einmal mit der Schwester«, sagte Süden. »Dann gehe ich in Ilkas Wohnung.«
»Hast du einen Schlüssel?«
»Nein.«
Edith Liebergesell stand auf. Sie zupfte am Blazer ihres heute anthrazitfarbenen Hosenanzugs. Dann kam sie um den Schreibtisch herum, blieb einen Moment vor Süden stehen und sah ihm in die Augen, sagte aber nichts. Dass er sie manchmal verstohlen beobachtete, hatte sie längst bemerkt. Ihre Blicke dagegen blieben für ihn unsichtbar.
Er wartete, bis sie den Rollwagen mit den Getränken erreicht hatte. »Ich kenne eine Kommissarin«, sagte er. »Sie hat vielleicht einen Schlüssel.«
»Die Schwester hat keinen?« Edith Liebergesell schenkte Rotwein in zwei kleine Gläser.
»Vermutlich nicht.«
»Weil die beiden Frauen sich eh nichts zu sagen haben.« Sie ging zu ihm und reichte ihm ein Glas. »Aus dem Friaul, zum Wohl, Süden.«

»Möge es nützen.«

Sie tranken, taten so, als würden sie über den Jahrgang der Rebe nachdenken, und leerten ihre Gläser. Natürlich war das erste Glas nur der Vorläufer des zweiten. »Ich bin unten im Lokal mit ihr verabredet«, sagte Süden.

»Mit der Schwester?« Diesmal füllte die Detektivin die Gläser weniger rücksichtsvoll. »Danke übrigens, dass du gestern gleich mit den Befragungen begonnen hast. Tut mir leid wegen der Auswüchse.«

»Sie haben tausend Euro für ihre Bedienung gesammelt.«

»So einen Fall hatten wir noch nie.«

Anschließend standen sie sich auf dem blaugrauen Teppich noch eine Weile gegenüber. Schweigend tranken sie aus und sahen zwischendurch zu den großen Fenstern, durch die das Abendlicht hereinfiel. Das Büro befand sich im fünften Stock eines Hauses aus dem Jahr 1913, oberhalb des Sendlinger-Tor-Platzes, an dem mehrere Trambahnlinien kreuzten und Straßen in alle vier Himmelsrichtungen abzweigten.

»Wir sollten mal wieder zusammen essen gehen«, sagte Edith Liebergesell.

»Unbedingt.«

Süden dachte an das letzte Mal.

Das letzte Mal wäre beinah das letzte Mal gewesen. Dann hatten sie doch noch die Kurve gekriegt, er in das eine, sie in das andere Taxi, bevor sie mit ihrer öffentlichen Kussorgie, begleitet von FKKeskem Petting, ihre gemeinsame berufliche Zukunft vermutlich frühzeitig in den

Sand gesetzt hätten. Seither bewältigten sie ihre Nähe zungenlos und gezügelt.

»Ich lass Sie dann mit meinem besten Mann allein.«
Edith Liebergesell gab Paula Senner die Hand, winkte Süden eigenwillig zu und machte sich, ihre grüne Handtasche am linken Arm, auf den Weg zur U-Bahn, mit der sie bis zur Münchner Freiheit im glorreichen Schwabing fuhr. In der Feilitzschstraße, nicht weit vom Englischen Garten, gehörte ihr eine kleine Zweizimmerwohnung. Diese hatte sie sich von dem Geld gekauft, das ihr Mann ihr bei der Scheidung geschenkt hatte. Er hoffte damals, sie noch einmal umstimmen zu können. Doch für sie waren mit dem Tod ihres Sohnes auch die Ehe und das Liebesein mit Robert gestorben.
Manchmal sprach sie davon, die Wohnung zu verkaufen und aufs Land zu ziehen oder nach Berlin und »was ganz Neues« anzufangen. Nur was, das wusste sie nicht, und so blieb alles beim Alten: das Foto im Silberrahmen auf dem Wohnzimmerschrank, die Kiste mit den Spielsachen im Keller, die wöchentlichen Besuche auf dem Nordfriedhof, der Zwölfstundentag im Büro, das ruppige Trinken ab und zu und das nächtliche Weinen, das kleine Schauen, wenn ein Mann ihr gefiel, und das große bei ihrem Mitarbeiter Süden.
»Sie mag Sie«, sagte Paula Senner.
Süden schwieg.
»Sie haben keine Ahnung, wie sehr Sie mich vorhin mit Ihrer Bemerkung erschreckt haben. Oder war das Ab-

sicht? Meine Schwester soll eine Analphabetin sein! Wie das klingt. Das klingt vernichtend. Und es ist auch eine Lüge. Sprechen Sie jetzt nicht mehr mit mir?«
Süden trank aus seinem Mineralwasserglas. An ihrem Tisch gegenüber der Eingangstür zum Lokal liefen ständig Leute vorbei, die von der Sonnenstraße kamen oder dorthin wollten. Manche gingen in die Sendlinger-Tor-Lichtspiele, dem ältesten Kino der Stadt, andere blieben am Rand des Biergartens stehen und hielten nach einem freien Platz Ausschau.
Hinter der rot verputzten Bischofskirche St. Matthäus auf der Westseite des Platzes, jenseits der Sonnenstraße, sank die Abendsonne tiefer. Als sie verschwunden war, blieb es immer noch sommerlich mild. Der wüste Regen von gestern schien nicht die geringsten Spuren hinterlassen zu haben.
»Ob Ihre Schwester tatsächlich Analphabetin ist, weiß ich nicht«, sagte Süden. »Aber alles, was Sie mir erzählt haben, deutet darauf hin. Millionen Menschen in Deutschland können nicht oder nur sehr schlecht lesen und schreiben, Sie brauchen also nicht zu erschrecken. Ihre Schwester ist kein Einzelfall.«
»Das führt doch zu nichts.« Mit dem rechten Daumen rieb Paula Senner nervös über ihren Ring. Zum ersten Mal fiel Süden auf, dass hinter ihrer kontrollierten, lässigen Haltung noch etwas anderes verborgen war, die Ängstlichkeit eines Menschen vielleicht, der zu früh erwachsen werden und jeden Anflug von Unsicherheit und Zweifel unterdrücken musste.

Mit angespannter Miene sah sie hinüber zu den Türmen des alten Tores, unter dem zwei Polizisten einen Obdachlosen kontrollierten. Dann schüttelte sie den Kopf, als kommentiere sie das Geschehen. »Sie stochern im Nebel, weil Sie keine Spur haben. Meine Schwester kann sich nicht wehren, aber wenn sie wieder da ist, werde ich ihr sagen, wie Sie über sie gesprochen haben, und dann müssen Sie sich rechtfertigen.«
»Das werde ich tun.«
»Hoffentlich.«
»Selbstverständlich.«
»Dann ist's ja gut.« Sie trank einen Schluck Weißwein und schaute wieder zum Tor. Beladen mit vier Plastiktüten, trottete der Stadtstreicher davon, die Polizisten folgten ihm einige Meter und bogen dann zum Oberanger ab.
Paula wandte sich an Süden. »Sie haben mich herbestellt, also fragen Sie mich was. Wieso sagen Sie nichts? Ist das Ihre Art, so?«
»Ja.«
»Aha. Und so bringen Sie die Leute zum Sprechen?«
»Manchmal.«
»Eher selten, glaube ich.«
»Schon oft.«
»Schon oft.«
»Ja.«
»Mich jedenfalls nicht.«
»Doch.«
»Witzig.«

»Das ist nicht witzig«, sagte Süden. »Ihre Schwester ist verschwunden, sie könnte sich umgebracht haben, sie könnte einem Verbrechen zum Opfer gefallen sein. Und die Frage ist jetzt, wie sie als Analphabetin jahrzehntelang unentdeckt bleiben konnte. Da war ein Anrufer, dessen Identität wir nicht kennen. Da taucht ein Unbekannter vor der Kneipe auf, und Ihre Schwester kannte ihn anscheinend. Über das Leben Ihrer Schwester weiß niemand etwas Genaues, außer dass sie sechs Tage in der Woche bedient und gut mit den Gästen auskommt.

Sie hatten wenig Kontakt zu Ihrer Schwester und dafür Ihre Gründe, das habe ich verstanden. Ihre Kindheit war geprägt von der Gewalt Ihres Vaters und der Feigheit Ihrer Mutter. Sie mussten mit ansehen, wie Ihre Schwester kleingehalten und zu harter Arbeit gezwungen wurde. Sie haben sich nicht gewehrt, Sie waren zu schwach, das ist verständlich. Also suchten Sie nach einem Ausweg, beendeten die Schule und heirateten den erstbesten Mann, der sich als der Erstschlechteste herausstellte. Und wieder gelang Ihnen der Ausbruch, wieder schlugen Sie die Tür hinter sich zu und gingen ins Offene, diesmal nach Berlin.

Und nun sind Sie zurückgekommen, angeblich wegen der Krankheit Ihrer Mutter, aber ob das der wahre Grund ist, weiß ich nicht. Vielleicht gehen mich Ihre Gründe auch nichts an. Was in all den Jahren mit Ihrer Schwester Ilka geschah, interessierte Sie nicht, wie schon damals, in Ihrem Elternhaus. Sie kümmerten sich um Ihre eigenen Dinge, die waren schwer genug zu bewältigen.

Ich verurteile Ihr Verhalten nicht, ich höre Ihnen zu und stelle Zusammenhänge her, dafür werde ich bezahlt. Übrigens hat sich Ihre Schwester in all den Jahren offensichtlich ebenso wenig für Sie interessiert, und auch sie wird ihre Gründe gehabt haben. Und Ihre Mutter? Was war mit der? Hat sie sich nach Ihrem Befinden erkundigt? Nach dem Befinden Ihrer Schwester? Vermutlich nicht. Sie lebte in ihrer eigenen Welt, wie Sie in der Ihren in Berlin, wie Ilka in der Kneipe und am Spitzingplatz. Aber von diesem Leben wissen wir nichts.
Was machte Ilka, wenn sie die Kneipe verließ und nach Hause ging? Wer oder was erwartete sie dort? Hatte sie einen Freund? Offenbar nicht. Hatte sie ein Haustier? Hatte sie Freunde, mit denen sie sich traf, ins Kino ging, zum Baden, zum Essen? Die Polizei hat nichts herausgefunden. Machte sie Fahrradtouren? Sie hat ein Fahrrad, das steht abgeschlossen im Hinterhof. Wohin fuhr sie damit? Hatte sie einen Begleiter oder eine Begleiterin? Rief sie manchmal ihre Mutter an? Nein, auch das hat die Polizei festgestellt.
Wer ist Ihre Schwester, Frau Senner? Und warum starren Sie mich an, als würde ich Ihnen eine unerhörte und böse Geschichte erzählen?«
»Ich ...« Sie starrte ihn an, weil sie von der Wucht seines Sprechens überrumpelt worden war. Als hätte Marcel Marceau auf offener Bühne plötzlich eine Arie gesungen.
Süden winkte der Bedienung und bestellte ein Bier. Im selben Moment fuhr ein indischer Zeitungsverkäufer, den

Süden seit Jahren kannte, mit seinem Moped vor. Er stellte es ab, nahm einen Packen Zeitungen aus den roten Transporttaschen und hielt die Ausgabe von morgen hoch, während er als Erstes zu Südens Tisch ging. Sie begrüßten sich. Wie fast jedes Mal sagte der Inder: »Und? Heute viele Leute gefunden?« Und Süden sagte, wie fast immer: »Zu wenige.« Er kaufte zwei Boulevardzeitungen, der Inder sagte: »Viel Glück.« Süden erwiderte: »Alles Gute.« Beide kannten den Namen des anderen nicht.

Süden blätterte eine der Zeitungen durch und fand, was er suchte. Auf der ersten Seite des Lokalteils war ein Foto von Ilka Senner abgedruckt, darunter ein paar Zeilen mit Angaben zu ihrer Person und dem Zeitpunkt ihres Verschwindens. In der anderen Zeitung dasselbe Foto. Es zeigte eine Frau mit einem schmalen, blassen Gesicht, einem kindlichen Lächeln, hochgezogenen Augenbrauen, als staune sie über etwas, hellbraunen, kurz geschnittenen Haaren, einem weißen Pullover mit V-Ausschnitt und Bluejeans. Die Sechsundvierzigjährige saß auf einer Parkbank vor Sträuchern, die Hände im Schoß. Süden fand, sie wirkte wie jemand, der da stundenlang saß und auf nichts wartete.

Paula betrachtete lange das Foto ihrer Schwester. »Sie hat sich die Haare gefärbt«, sagte sie. »Als Kind hatte sie rötliche Haare.« Sie strich mit dem Handrücken über das Bild. »Sie haben recht, ich weiß nichts von ihr, und sie weiß nichts von mir. Wir haben uns einfach ignoriert, fast dreißig Jahre lang. Und dann komme ich zurück, und sie verschwindet spurlos. Ist das Zufall? Ja, alles

andere wäre fürchterlich. Das ist absurd, oder? Das ist ein dummer Gedanke.«
»Kein dummer Gedanke«, sagte Süden. »Aber abwegig. Schade, dass Sie keinen Schlüssel für Ilkas Wohnung haben, dann hätten wir hinfahren können.«
Erschreckt hob Paula den Kopf. Sie wollte etwas sagen, zögerte, fuhr sich durch die Haare und gab erneut einen Seufzer von sich. »Aber das ... das kann doch nicht wahr sein. Ich hab doch ... ich habe einen Schlüssel! Das hatte ich völlig vergessen. Als die Polizei auftauchte und mir mitteilte, dass Ilka verschwunden ist, war ich so verwirrt, dass ich nicht daran gedacht habe. Stellen Sie sich so was vor. Sie hat mir einen Schlüssel gegeben! Als ich das letzte Mal bei ihr war. Was hat das denn wieder zu bedeuten? Helfen Sie mir, bitte. Ilka hat zu mir gesagt, ich solle den Schlüssel nehmen, für alle Fälle, falls sie ihren mal verliert. Ich verstehe das nicht. Wie kann man denn vergessen, dass man einen Wohnungsschlüssel von der eigenen Schwester hat?«
Süden sagte: »Sie haben einfach nicht mehr daran gedacht.«
»Aber wieso denn nicht? Wieso nicht?«
»Sie haben früher auch nicht an Ihre Schwester gedacht.«
Wieder war sie kurz davor, etwas zu sagen. Wieder brachte sie zunächst keinen Ton heraus. »So was dürfen Sie ... Aber ...«
Die Bedienung, die ein Dirndl trug und eine Sonnenbrille ins Haar gesteckt hatte, kam an ihren Tisch. »Noch einen Wunsch, die Herrschaften?«

Wortlos sah Paula die junge Frau an.
»Ich zahle«, sagte Süden. »Alles zusammen.«
Die Bedienung nannte den Betrag, steckte das Geld ein und verschwand im Lokal, in dem inzwischen ebenfalls Gäste saßen.
»Brechen wir auf«, sagte Süden.
»Gleich. Ich muss erst ... Die Polizei ... Die Kommissarin rief einen Schlüsseldienst an. Ich stand die ganze Zeit dabei. Zwanzig Minuten oder länger. Und hab nicht an den Schlüssel gedacht, der bei mir in der Küche in einer Tasse liegt. Das weiß ich doch. Und trotzdem habe ich mich wie ein Idiot benommen. Ist mir meine Schwester so gleichgültig geworden? Haben wir uns so weit voneinander entfernt, dass ich den Schlüssel zwar annehme und an eine bestimmte Stelle lege, wo ich ihn auch wiederfinde, aber ihn dann sofort vergesse, als wäre es irgendein läppisches Gratisgeschenk aus dem Supermarkt? Bin ich so abgestumpft? Was ist denn mit mir los?«
»Den Schlüsseldienst bezahlt die Polizei«, sagte Süden. »Auch mit Ihrem Schlüssel hätte die Kommissarin keine Spur zu Ihrer Schwester gefunden.«
»Sie wollen mich bloß trösten.«
»Natürlich.«
»Sie können mir ins Gesicht sagen, wie dumm ich mich verhalten habe, wie verantwortungslos und schäbig. Am liebsten würde ich heulen.«
»Wir gehen jetzt zu Ihnen, holen den Schlüssel und fahren zum Spitzingplatz.«

»In der Wohnung ist nichts, ich war doch schon dort.«
»Ich muss mir ein Bild vom Leben Ihrer Schwester machen«, sagte Süden.
»Das Bild wird weiß bleiben, fürchte ich.«
»Kein Bild eines Lebens ist weiß.«
»Das meiner Schwester sieht leider ganz danach aus.«
Bis zur Wohnung von Paula Senner in der Kreuzstraße waren es nur ein paar Meter. Süden wartete auf der Straße, während Paula den Schlüssel holte. Anschließend fuhren sie mit der 17er-Tram bis zur Haltestelle Werinherstraße in Obergiesing. Gegenüber dem begrünten und von Bäumen und Sträuchern gesäumten Spielplatz sperrte Paula die Haustür auf, und sie gingen in den zweiten Stock.
Was Süden auf seinem Rundgang durch die bescheidene Zweizimmerwohnung von Ilka Senner sofort auffiel, war das vollständige Fehlen von Büchern, Zeitschriften oder Zeitungen. An den Wänden hingen keine Bilder. Vor der Zentralheizung im Wohnzimmer stand ein leerer Bastkorb. Süden hob ihn hoch und schnupperte daran.
Wenn er sich nicht täuschte, roch der Korb nach den Ausdünstungen einer Katze.

6 Von einem Haustier hatte ihm Hauptkommissarin Birgit Hesse nichts erzählt. Weder sie noch der Kollege, der sie in die Wohnung der vermissten Bedienung begleitete, hatten den geschwungenen hellbraunen Bastkorb auf dem Boden beachtet, vermutlich hielten sie ihn für einen Einkaufskorb. Aber wer, dachte Süden, stellte seinen Einkaufskorb im Wohnzimmer vor der Heizung ab? Andererseits deutete nichts auf ein Haustier, speziell auf eine Katze, hin. Kein Katzenklo im Bad, keine Sandvorräte und Futterdosen in der Küche, keine Fotos vom schnurrenden Liebling, kein Halsband, keine Katzenhaare auf der beigefarbenen Couch. Die Wohnung hatte keinen auffälligen Geruch, sie war sauber und aufgeräumt und der Kühlschrank bis auf zwei Mineralwasserflaschen, eine Weißweinflasche und ein verschlossenes Glas Aprikosenmarmelade leer.

Ilka Senner hatte für Ordnung gesorgt, bevor sie verschwand.

»Und?«, sagte ihre Schwester Paula. »Denken Sie das Gleiche wie ich?«

Süden schwieg.

»Ilka hat alles geplant.«

Süden stand mit dem Rücken zur weit geöffneten Balkontür. Vom Spielplatz drangen Kinderstimmen herauf, Mütter riefen ihnen auf Türkisch Ermahnungen zu. Autos parkten ein und aus. Das Zwitschern der Vögel hörte keine Sekunde lang auf. Von der Werinherstraße drang

das Klingeln der Straßenbahnen herüber. Jemand im Haus hämmerte, jemand anderes schien auf Rollschuhen unterwegs zu sein.
Paula Senner lehnte im Türrahmen und wartete, dass der Detektiv etwas sagte. Sie wusste immer noch nicht, was sie von ihm halten sollte. Er stellte Fragen, sie gab Antworten, und diese verhallten in seinem Schweigen. Gleichzeitig schien er ununterbrochen nachzudenken und die Dinge um sich herum nur am Rande wahrzunehmen. Im Biergarten hatte sie zuerst geglaubt, er sei betrunken und deshalb wortkarg. Inzwischen überlegte sie, ob er nicht besser etwas trinken sollte, um gesprächiger zu werden.
»Soll ich den Weißwein aufmachen?«, fragte sie.
»Wenn Sie wollen.«
»Trinken Sie ein Glas mit?«
»Nein.«
»Woran denken Sie?«
»Würden Sie mir den Wohnungsschlüssel leihen?«
Paula machte sich vom Türrahmen los. »Und wozu?«
»Ich möchte die Nacht in der Wohnung bleiben, allein.«
Sie gab wieder den undefinierbaren Laut von sich, den Süden schon vom Telefon kannte, sah über ihre Schulter in den Flur, wo der Schlüssel in der Wohnungstür steckte.
»Ich habe gar kein Recht, ihn zu behalten. Ich habe sowieso völlig versagt. Ja, nehmen Sie den Schlüssel, bei Ihnen ist er besser aufgehoben als bei mir.«
Süden sagte: »Das ist Unsinn. Aber wenn Sie nichts dagegen haben, behalte ich ihn ein paar Tage. Ich verspre-

che Ihnen, dass ich nur heute hier übernachten werde, auf dem Boden.«

»Sie brauchen mir nichts zu versprechen.« Paula schaute sich verlegen um. »Auf dem Boden ist's unbequem. Sie können die Couch ausziehen.« Weil er nicht reagierte, fügte sie mit leiserer Stimme hinzu: »Ich fange an, Angst zu haben. Die Wohnung macht mir Angst, die Stille. Obwohl draußen so viel los ist. Hier drin ist es ganz still. Als wäre seit Jahren niemand hier gewesen. Als wären die Möbel bloß tote Gegenstände. Wissen Sie, wie ich mir gerade vorkomme? Wie jemand, der eine Wohnung besichtigt, die er mieten möchte, eine möblierte Wohnung, und alles ist schon geregelt, der Vormieter ist ausgezogen, alles ist sauber, und man kann alles übernehmen, den Tisch, die Couch, den Schrank, sogar das Bett. Und das Wasser und den Wein im Kühlschrank auch. Mir ist etwas schwindlig, kann ich mich kurz hinsetzen?«

Beinahe hätte Süden gelächelt. Er deutete zur Couch. Paula ging hin und setzte sich, lehnte sich zurück und schloss für einen Moment die Augen. Ihr Blick fiel auf den Bastkorb. »Als Kind hat sie sich immer eine Katze gewünscht«, sagte sie. »Streng verboten! Ich habe mir einen Hund gewünscht. Noch strenger verboten! Ach, Ilka.«

Wieder sah Paula sich um, als wäre sie zum ersten Mal hier. Dann kippte sie zur Seite, legte den Kopf auf die Lehne und blieb reglos und mit geschlossenen Augen liegen.

Mehr aus Ratlosigkeit als aus dem Bedürfnis heraus, sich

entspannen zu wollen, setzte Süden sich an den kleinen viereckigen Tisch in der Ecke, auf den einzigen Stuhl im Raum. Auf dem Tisch lag eine weiße gehäkelte Decke. An der Wand gegenüber stand ein einfacher, weiß lackierter Schrank, den Ilka vermutlich selbst zusammengebaut hatte. Die vier Regale hatte sie mit Plastikfiguren und Plüschtieren, Gläsern, in denen künstliche Blumen steckten, Trinkgläsern in unterschiedlichen Formen und Größen, Kerzen auf Zinktellern, Bierkrügen und stapelweise Bierdeckeln vollgestellt. Einige Dinge, dachte Süden, mussten aus Schießbuden vom Oktoberfest oder der Auer Dult stammen. Dazu gehörten garantiert die beiden Bären und die Giraffe auf dem obersten Regal.
Süden sah zum Fernseher neben dem Fenster: kein Video- oder DVD-Spieler. Nur ein braunes, staubfreies Röhrengerät.
Kein Parkett, sondern Laminatboden. Im Schlafzimmer grauer Auslegeteppich, Doppelbett mit blauer Tagesdecke, ein weißer Schrank mit verglasten Türen, ein niedriges Nachtkästchen mit drei leeren Schubladen. Keine Hausschuhe vor dem Bett oder im Flur. An dem gelben Kleiderständer im engen Durchgang zwischen Eingangstür und Wohnzimmer hingen auf Bügeln eine taubengraue Strickjacke, ein schwarzer Regenmantel und eine Jeansjacke. Am Fuß des Kleiderständers standen nebeneinander zwei fast identisch aussehende Paare heller Halbschuhe und ein Paar Sandalen mit Absätzen. Kein Schuhschrank.
Vom Flur gelangte man ins Wohnzimmer, rechts davon

lag die winzige Küche, daneben das Schlafzimmer, geradeaus das fensterlose Bad. Die Badewanne glänzte. Im Spiegelschrank über dem Waschbecken Kosmetikutensilien, Papiertaschentücher, eine neue Zahnpastatube, Pflaster und Kräutertinkturen. Auf einem Glasschränkchen gefaltete Handtücher in verschiedenen Größen. Kein Waschbeutel. Keine Kondome. Keine Monatsbinden oder Tampons.
In einem der Hängeschränke in der Küche außer Geschirr harmlose Schmerzmittel, Hustensaft, Hals- und Grippetabletten, Küchenrollen, Gummiringe fürs Waschbecken.
Nichts, was Süden stutzig machte.
Nichts in der Wohnung, was ihm einen Hinweis auf den Verbleib der Mieterin hätte geben können. Alles, was er sah, waren die Insignien eines bescheidenen, vielleicht einsamen Menschen, der sich selten zu Hause aufhielt und die wenige Zeit zum Putzen und Aufräumen nutzte. In solchen Wohnungen hatte Süden sein halbes Leben verbracht. Er war immer nur Gast gewesen und oft länger geblieben als dienstlich vorgesehen. Er wurde gebeten, Platz zu nehmen und Dinge zu sagen, die ein Wunder bewirken sollten. Das Wunder der Rückkehr, das Wunder der Wiederauferstehung, das Wunder des gewohnten Lebens. Er saß da und sagte Dinge, die nicht genügten. Umgeben von Lügnern, die keine Schuld an ihren Lügen hatten – sie wussten es nicht besser –, beschwor er deren Geduld und Vertrauen. Und jedes Mal, wenn er in ihre Gesichter sah, begriff er, dass er, wenn er

nicht log, als seelenloser Lügner gelten würde. Also betete er seelenlose Statistiken herunter, erklärte, dass siebenundneunzig Prozent aller Vermisstenfälle innerhalb eines Jahres aufgeklärt würden und die übrigen im Lauf der nächsten drei Jahre. Nur die wenigsten verschwundenen Menschen, sagte Süden und ließ es bedeutend und trostvoll klingen, blieben für immer unauffindbar. Von denen, die gefunden wurden, waren höchstens eine Handvoll Opfer eines Verbrechens geworden. Bevor nicht sämtliche Spuren ausgewertet, sämtliche privaten und beruflichen Kontakte überprüft und sämtliche Zeitabläufe exakt bestätigt seien, gäbe es keinen Grund für schwarze Gedanken. Dabei blickte er in die Runde und hoffte, das Grün seiner Augen beinhalte einen erkennbaren Hoffnungsschimmer.

Nie erwähnte er, dass die meisten Verschwundenen, die tot aufgefunden wurden, Selbstmord begangen hatten. Die Zahl der Suizide stieg von Jahr zu Jahr. Manchmal ahnte Süden bereits beim Ausfüllen der Vermisstenanzeige die Katastrophe und dass die Angehörigen sie ebenfalls ahnten, aber alles Menschenmögliche daransetzen würden, ein Wunder zu beschwören.

So kam der Beschwörer Süden in ihre Zimmer, und sie hörten ihm zu und ließen ihn ausreden und erwiderten seine Blicke mit einer Dankbarkeit, an die sie beinahe glaubten. An der Wohnungstür schwiegen sie dann, wie er, und wenn sie die Tür hinter ihm schlossen, brandete eine Lawine aus Einsamkeit über sie hinweg, und sie mussten überleben.

In solchen Zimmern ging Süden eine Zeitlang ein und aus. Und jetzt, nachdem er längst kein Kommissar mehr war, saß er wieder in einem Zimmer voller Abwesenheit, auf dem einzigen Stuhl, und schaute zur Wand und zum Fenster, zwischendurch zur reglos daliegenden Frau auf der Couch, und zügelte seine Ahnungen.

Welchen Grund, dachte er, könnte Ilka Senner haben, sich umzubringen? Was wäre der Auslöser gewesen, und warum hatte sie sich nicht einmal ihrer Schwester anvertraut oder wenigstens einen Brief hinterlassen?

Kein Abschiedsbrief. Kein Zettel.

Liebe Mama, lieber Papa, ich habe euch viele Sorgen gemacht, aber ich werde euch nie mehr Sorgen machen. Ich sehe in der Welt und im Leben keinen Sinn mehr. Lebt wohl.

Hunderte Briefe, Tausende hingekritzelter oder mit der Schreibmaschine sorgfältig getippte Wörter. Vier Schubladen voller Abschiedsbriefe hatte Süden in seinem Büro im Dezernat. Er hatte sie von Hinterbliebenen erhalten oder von jenen geschickt bekommen, die ihm für seine Suche danken wollten, obwohl diese vergeblich gewesen war. Jeden dieser Briefe und Zettel hatte er gelesen und dann aufbewahrt. Und wieder hervorgeholt und nochmals gelesen. In die Schublade gesteckt, in einen Ordner sortiert und wieder herausgezogen und gelesen. Und nie war die Traurigkeit versiegt, sie stieg jedes Mal von neuem in ihm auf, auch beim achten Mal, beim zehnten und vierzehnten. Manche Briefe kannte er vorübergehend auswendig. Manche Sätze hörte er wie-

der, wenn er in einer Wohnung saß, in der jemand fehlte, eine Stimme, ein Geruch, er hörte die Sätze und redete sie weg, redete, was nicht seiner Art entsprach, und mimte den Magier im weißen Hemd mit dem blauen Stein an der Halskette.
Liebe Mama, lieber Papa ...

»Was ist mit Ihnen?«
Er erschrak und drehte den Kopf zur Couch, auf der Paula sich aufgerichtet hatte.
»Weinen Sie?«
»Nein.«
»Entschuldigung.«
»Wir sollten vielleicht doch den Wein trinken«, sagte er.
Sie stand auf, rieb sich übers Gesicht. »Ich lasse Sie allein. Ich bin hier verkehrt. Rufen Sie mich an, morgen früh, oder wann immer Sie wollen.«
Auch Süden stand auf. »Danke für den Schlüssel. Und fürs Ehrlichsein.«
An der Tür gaben sie einander nicht die Hand. Beim Hinuntergehen hielt Paula sich am Treppengeländer fest. Süden schloss die Tür und zog den Schlüssel ab, ohne zugesperrt zu haben. Vor dem gelben Kleiderständer blieb er stehen und hörte den Stimmen und Geräuschen zu, die durch die geöffnete Balkontür hereindrangen.
Etwas stimmte nicht, dachte er. Etwas irritierte ihn, und er kam nicht darauf, was es war.
Noch einmal ging er in jedes Zimmer, drehte sich im Kreis, betrachtete die Gegenstände und Möbel, lehnte

sich an die Wand, legte den Kopf in den Nacken, schloss die Augen, spielte mit dem Schlüssel in seinen Händen. Im Bad setzte er sich auf den Wannenrand, beugte sich nach vorn, die Arme auf den Oberschenkeln, ließ seinen Blick schweifen, bis hinüber ins Wohnzimmer, dessen Tisch mit der gestickten Decke er von seinem Platz aus sehen konnte.

Zehn Minuten lang wanderte er von einem Zimmer ins andere. Hin und her, verharrte, machte ein paar Schritte, blieb wieder stehen und schaute sich um. Nichts, was ihm ins Auge stach. Nichts, was er nicht schon kannte. Trotzdem nahm seine Unruhe nicht ab, im Gegenteil: Je öfter er von Raum zu Raum ging, desto überzeugter war er, dass er etwas übersah. Dass etwas unmittelbar vor seinen Augen und seiner Nase stattfand, das er längst hätte begreifen müssen.

Dann stellte er sich in die Balkontür und schaute von dort aus ins Zimmer, zum Flur, zum Schrank, zur Couch, zum kleinen Tisch. Auf dem Spielplatz unten verstummten allmählich die Kinder, liefen nach Hause oder wurden von den Eltern abgeholt. Die Dämmerung setzte ein. Die Wärme blieb, ein leichter Wind wehte. Süden beschloss, ein Glas Wasser zu trinken. Die Weinflasche könnte er später immer noch öffnen.

In der Küche nahm er ein Glas aus dem Schrank und ließ Wasser aus dem Hahn in der Spüle laufen. Es war kühl und schmeckte angenehm. Er trank ein zweites Glas, ein drittes. Er stellte das Glas auf die Ablagefläche und ging zurück ins Wohnzimmer, verwirrt von sich selbst, ziemlich ratlos. Außerdem musste er auf die Toilette. Das war ihm ein wenig peinlich, aber schließlich hatte er keine andere Wahl.

Nachdem er sich die Hände gewaschen und an einem frischen Handtuch abgetrocknet hatte, kehrte er zum Tisch im Wohnzimmer zurück.

Er setzte sich.

Er legte den Schlüssel, den er die ganze Zeit, auch in der Küche, in der Hand gehalten hatte, auf den Tisch und faltete die Hände.

Einen Augenblick später sprang er auf.

Für einen Moment stand er wie erstarrt da. Dann ging er zur Balkontür und schloss sie. Nur das durchdringende Zwitschern der Amseln war noch zu hören, alle anderen Geräusche wirkten wie ausgeblendet.

Mit schnellen Schritten ging er in die Küche und drehte den Wasserhahn auf. Er betrachtete den Strahl und drehte wieder zu. Im Bad tat er dasselbe im Ausguss und in der Wanne. Am Ende hob er den rosafarbenen Toilettendeckel hoch und sah hinein, als würde er etwas erkennen, das ihm vorher nicht aufgefallen war. Er klappte den Deckel zu und ging zurück ins Wohnzimmer.

Endlich wusste er, was ihn irritiert hatte.

Und er fragte sich, warum er nicht sofort darauf gekommen war. Als Kommissar im Dienst hätte ihm das auf keinen Fall passieren dürfen.

In manchen Dingen war er möglicherweise aus der Übung.

Beim Betreten der Wohnung hatte er zwar sofort das

Fehlen jeglicher Lektüre bemerkt, aber er hatte nicht gut genug geschnuppert. Außer an dem Bastkorb vor dem Heizkörper. Und vielleicht hatte der leichte Geruch des Korbes ihn abgelenkt, ihn in die Irre geführt und vom Wesentlichen abgelenkt.

Das Wesentliche war, dass die Wohnung nicht muffig roch, sondern vollkommen gewöhnlich. Wie jede beliebige Wohnung, die Fenster und eine Balkontür hatte. Natürlich wurden die Fenster und Türen geöffnet, vor allem, wenn endlich der Sommer begann und frische Düfte hereinwehten.

Die Wohnung der vor fast fünf Wochen verschwundenen Ilka Senner wurde regelmäßig gelüftet.

Außerdem öffnete der heimliche Besucher nicht nur Fenster und Balkontür, er ließ auch das Wasser in der Küche und im Badezimmer laufen, damit sich in den Rohren kein Rost ansetzte, was in den jahrzehntealten Häusern fast automatisch passierte, wenn der Wasserfluss für längere Zeit unterbrochen war.

Bei dem Besucher handelte es sich entweder um Ilka Senner selbst oder um jemanden, zu dem sie tiefes Vertrauen und dem sie deshalb den Schlüssel geliehen hatte.

Doch nach allem, was Süden bisher erfahren hatte, pflegte Ilka mit niemandem eine innige Beziehung, sie war durch und durch ein Einzelwesen, trotz ihrer Arbeit in einem Gasthaus und ihrem ständigen Umgang mit Leuten.

Von morgen an, dachte Süden, würde es noch schwerer

für Ilka werden, sich unbemerkt zum Spitzingplatz und in ihre Wohnung zu schleichen. Morgen veröffentlichten die Münchner Zeitungen ihr Foto, und die Nachbarn erfuhren, dass sie verschwunden war und von der Polizei gesucht wurde. Bisher wäre bei einer zufälligen Begegnung niemandem etwas aufgefallen, Ilka hielt sich sowieso kaum zu Hause auf. Allerdings hatte sie offensichtlich wirklich niemand gesehen, sonst hätte ziemlich sicher ein Zeuge der Kommissarin gegenüber davon erzählt.

Warum aber verschwinden und sich trotzdem um die Wohnung kümmern? Zwang zur Sauberkeit?

Jetzt fiel ihm noch etwas ein: Aus dem Briefkasten im Parterre ragte keine Post. Die Kommissarin hatte weder Briefe noch sonstige Mitteilungen vorgefunden. Zwei Nachbarinnen hatten ihr erzählt, Ilka würde »praktisch nie« Post bekommen, und am Briefkasten hing ein Aufkleber: »Bitte keine Werbung!«

Wer außer Ilka, dachte Süden, könnte heimlich in die Wohnung kommen?

Jemand aus der Kneipe? Einer der Stammgäste? Der Wirt? Die Frau des Wirts? Das hielt Süden für unwahrscheinlich. Wer dann? Der Unbekannte vor dem Lokal? Jener Zeiserl, der angerufen und mit dem Ilka das Gespräch abrupt abgebrochen hatte? Waren der Unbekannte aus der Perlacher Straße und der ehemalige Mitschüler dieselbe Person?

Er musste die Jahrgänge der Grundschule an der Hiltenspergerstraße überprüfen.

Dann dachte er wieder: Warum verschwinden und trotzdem heimlich zurückkehren, und zwar regelmäßig? Welches Ereignis hatte Ilka zunächst zur Flucht aus ihrem gewohnten Lebensumfeld veranlasst, dann jedoch nicht stark genug eingeschüchtert, dass sie vollständig im Verborgenen blieb?
Wollte Ilka Senner jemandem etwas heimzahlen? Wollte sie, dass jemand endlich etwas begriff und entsprechend handelte? Wer? Was begreifen? Wie handeln?
Süden entkorkte die Weißweinflasche, nahm das Glas, das er auf die Anrichte gestellt hatte, ging ins Wohnzimmer, öffnete wieder due Balkontür und setzte sich an den Tisch.
Draußen begann es dunkel zu werden. Die Straßenlampen gingen an, aus offenen Fenstern in der Umgebung schallte türkische und spanische Musik.
»Möge es nützen!«, sagte Süden und trank einen Schluck. Der Wein war aus Österreich, trocken und süffig, und die Flasche reichte Süden für mehrere Gedanken, die um sich selber kreisten. Vielleicht sollte er besser nach Hause gehen, sich ausschlafen und die Suche morgen fortsetzen, mit frischen Gedanken und Ideen, die so poliert wären wie das Mobiliar in dieser Wohnung.
Später legte er sich auf den Boden, mit seiner Lederjacke als Kopfkissen, und streckte Arme und Beine von sich, wie am Nachmittag auf dem Hügel im Luitpoldpark. Die Balkontür hatte er gekippt. Das Rauschen der Straßenbahnen in der Ferne wiegte ihn in einen tiefen Schlaf.

Vermutlich wäre er nicht einmal in der Gegenwart des nächtlichen Besuchers aufgewacht, wenn dieser, der sehr leise die Wohnungstür aufgeschlossen hatte und auf Zehenspitzen ins Wohnzimmer geschlichen war, nicht vor Schreck über die am Boden liegende Gestalt seinen Schlüsselbund hätte fallen lassen.

7 Der Fremde überspielte seinen Schrecken mit einem Schnauben und Huhu-Lauten. Süden wuchtete sich in die Höhe, blinzelte, um die Schlieren des Schlafs zu beseitigen, und ging – der Fremde wich ihm aus und schnaubte – zur Tür und drückte auf den Lichtschalter. An der Decke hing eine Leiste mit zwei Halogenstrahlern, die das Zimmer hell erleuchteten.

»Huhu«, machte der Fremde wieder und trat von einem Bein aufs andere. Er war etwa einen Meter achtzig groß, unwesentlich größer als Süden, hatte einen breiten Oberkörper und ein bleiches, schwammiges Gesicht, dessen Lippen so feucht waren wie die blassblauen, rotgeäderten Augen. Er trug ein schwarzes, abgenutztes, weit geschnittenes Sakko, darunter ein weißes Hemd, das ihm vorn aus der schwarzen Stoffhose hing, und schmutzig graue Turnschuhe. An seinen Schläfen hingen Schweißtropfen, sein Atem roch nach Rotwein. Als sein Blick auf den Schlüsselbund am Boden fiel, zog er eine Grimasse, gab ein letztes Huhu von sich und hob die Schultern.

»Unerwartete Begegnung«, sagte er.

Süden schwieg. Auch er schwitzte, aber nur unter dem Hemd, das einen Grad weißer war als das seines Besuchers.

»Ich bin jetzt mal neugierig und frag Sie, was Sie hier machen. Was machen Sie hier?«

»Ich suche jemanden«, sagte Süden.

Der Mann sah wieder zum Schlüsselbund. »Ich heb den

dann mal auf, zur Sicherheit.« Er bückte sich und hob den Schlüsselbund auf, wog ihn in der rechten Hand, als prüfe er das Gewicht der an einem Ring hängenden fünf Schlüssel, und nahm ihn in die linke Hand. Seine Fingernägel, bemerkte Süden, waren akkurat geschnitten und gefeilt.

Nachdem er den Schlüsselbund in die linke Sakkotasche hatte gleiten lassen, sagte der Mann: »Und wen genau suchen Sie?«

»Das wissen Sie doch.«

»Ich weiß das? Ich weiß das nicht. Woher soll ich das wissen?«

»Sagen Sie mir Ihren Namen.«

»Wozu? Sie sind hier der Einbrecher. Ich habe einen Schlüssel.«

Süden sagte: »Rufen Sie die Polizei, bevor ich Ihnen entwische.«

Eine muntere Miene zerdehnte den Teig seines Gesichts. »Das wär natürlich möglich. Sie hauen mir eine rein und hauen ab. Erst reinhauen, dann abhauen. Und ich steh geschockt in der Gegend, mitten in der Nacht. Was machen wir jetzt?«

»Rufen Sie die Polizei«, wiederholte Süden.

»Sie wollen also wissen, wie ich heiße.«

Süden stand neben der Tür zum Flur und fragte sich, wie spät es sein mochte. Draußen war es still geworden.

»Ich will nicht so sein. Ich verrat Ihnen, wie ich heiß. Und dann sagen Sie mir Ihren Namen.«

Süden schwieg.

»Mein Name ist Aki Polder.«

Nicht nur der seltsame Name, vor allem die Art, wie der Mann den Namen ausgesprochen hatte, ließ Süden keine Sekunde zweifeln, dass er angelogen wurde.

»Sie sind dran«, sagte der vermeintliche Aki Polder.

»Süden.«

»Gut. Und weiter?«

»Mein Name ist Süden.«

»Tatsächlich? Andererseits: Welchen Grund sollte ich schon haben, Ihnen nicht zu glauben? Keinen. Angenehm, Herr Süden. Und Sie schlagen vor, ich soll die Polizei rufen.«

»Unbedingt.«

»Bin mir nicht sicher.« Polder schaute sich um, machte einen Schritt aufs Fenster zu, zuckte mit den Schultern. »Ich hab Sie gefragt, was Sie hier machen, und Sie haben gesagt, Sie suchen jemand. Fragen Sie sich gar nicht, was ich hier mach, Herr Süden? Womöglich bin ich genauso ein Einbrecher wie Sie.«

»Ich bin nicht eingebrochen.«

»Wer weiß das so genau.«

»Rufen Sie die Polizei«, sagte Süden zum dritten Mal.

»Polizei brauchen wir nicht. Auf keinen Fall. Polizei mitten in der Nacht! Das führt nur zu Lärm und lästiger Fragerei. Angenommen, Sie haben einen Schlüssel für diese Wohnung, da stellt sich doch die logische Frage, woher haben Sie den? Denn es handelt sich nicht um Ihre Wohnung, das steht fest.«

»Und nicht um Ihre Wohnung.«

»Das ist noch nicht erwiesen.«
»Wenn es Ihre Wohnung wäre, hätten Sie längst die Polizei gerufen.« Süden überlegte, ob *er* nicht endlich die Polizei rufen sollte, am besten Hauptkommissarin Birgit Hesse.
»Nicht von der Hand zu weisen«, sagte Polder.
»Die Mieterin dieser Wohnung wurde als vermisst gemeldet, das wissen Sie.«
»Das weiß ich nicht.«
In den vielen Jahren bei der Kripo hatte Süden selten einen lausigeren Lügner getroffen als diesen Aki Polder mit der Rotweinfahne. »Da Sie einen Schlüssel zu ihrer Wohnung haben, erinnern Sie sich vielleicht daran, wann Sie die Mieterin zum letzten Mal gesehen haben.«
»Da muss ich nachdenken.«
»Denken Sie in Ruhe nach.«
»Ich denke nach.« Nach einigem Nachdenken sagte Polder: »Das ist länger her, mindestens vier Monate. Kürzer auf keinen Fall, ich bin mir sicher. Sehr sicher. Sind Sie womöglich Polizist? Verdeckter Ermittler, wie das heißt. Weil Sie hier doch so verdeckt und versteckt sind.« Sein Mund buk sich eine Art Lächeln.
»Ich bin Detektiv. Sie haben die Mieterin seit vier Monaten nicht gesehen und kommen jetzt in ihre Wohnung. Zu welchem Zweck?«
»Sie hat mir erlaubt zu kommen.«
»Wann hat sie Ihnen das erlaubt?«
»Grundsätzlich.«
»Grundsätzlich.«

»Grundsätzlich erlaubt«, sagte Polder.
»Sie dürfen jederzeit kommen.«
»Jederzeit.«
»Tag und Nacht.«
»Tag und Nacht.«
»Erinnern Sie sich an den Namen der Mieterin?«, sagte Süden.
»An den Namen muss ich mich nicht erinnern, den weiß ich. Ilka Senner, wer denn sonst? Sie horchen mich aus, Sie glauben, ich weiß, wo sie ist.«
»Ja«, sagte Süden.
»Das ist falsch.«
»Was machen Sie in dieser Wohnung?«
»Ich wollt Ilka besuchen, wir sind seit langem befreundet, sehr gut sogar, sie gab mir einen Schlüssel für ihre Wohnung, weil sie sich verfolgt fühlt, sie hat Angst. Und wir haben vereinbart, dass ich regelmäßig bei ihr nach dem Rechten seh. Und nun hab ich seit mindestens einem Monat nichts mehr von ihr gehört, das hat mich sehr beunruhigt. Heut Nacht war ich mit Freunden unterwegs, wir haben einen Geschäftsabschluss gefeiert, waren in diversen Lokalen, schön war's, und als ich schon fast zu Hause war, dachte ich, wie aus einer Eingebung heraus: Schau mal nach Ilka. Und hier bin ich.«
»Sie hätten klingeln können«, sagte Süden.
»Hab ich getan, niemand hat aufgemacht, deshalb hab ich den Schlüssel benutzt.«
Süden hatte kein Klingeln gehört, vielleicht hatte er es überhört. Was ihn ärgerte, war sein ausgeschaltetes Han-

dy. Er schaltete es immer aus, eine unerträgliche Angewohnheit, wie seine Chefin behauptete. Heute Nacht gab er ihr recht. Er musste eine Möglichkeit finden zu telefonieren.

Da fiel ihm ein, dass es in der Wohnung keinen Festnetzanschluss gab. Ilka Senner besaß nur ein Handy. Und das lag ausgeschaltet in der Küche, dort, wo sie es wahrscheinlich vergessen hatte.

Und noch etwas bemerkte Süden erst jetzt: Neben der Couch stand keine Stehlampe. Wozu auch, dachte er, wenn hier niemand ein Buch oder eine Zeitung las.

»Wollen wir uns einen Moment setzen?« Polder wies mit dem Kopf zum kleinen Tisch. Dann stellte er fest, dass nur ein Stuhl dastand, und wandte sich zur Couch. »Lassen Sie uns offen reden, Herr Süden. Wir sind beide Eindringlinge, auch wenn ich die Erlaubnis hab, hier zu sein.«

Süden ging zum Tisch und stellte sich vor die Wand. »Setzen Sie sich, ich stehe lieber.«

»Das ist sehr freundlich.« Polder sank auf den Stuhl, betrachtete den Schlüssel, der auf dem Tisch lag. »Darf ich Ihnen etwas zeigen?« Er griff nach dem Schlüssel.

»Lassen Sie ihn liegen«, sagte Süden.

»Ich leg ihn wieder hin, ich versprech's. Ich möcht Ihnen nur etwas zeigen, das Ihnen vielleicht gefällt. Sagen wir so: um die Spannung zwischen uns zu lockern. Schauen Sie, bitte.« Er nahm den Schlüssel in die rechte Hand, schloss diese zur Faust, hob beide Arme, legte sie auf den Tisch. Dann schlug er die geschlossenen Fäuste gegeneinander. Als seine Arme wieder auf dem Tisch ruhten, sah er Süden fest an. »Wo, glauben Sie, befindet sich der Schlüssel?«

»Sie sind ein Zauberer.«

»Wo ist der Schlüssel?«

»In der rechten Hand«, sagte Süden pflichtgemäß.

Polder öffnete die rechte Faust: kein Schlüssel.

»Oh«, sagte er und öffnete die linke Faust: kein Schlüssel. Süden neigte den Kopf nach vorn. Bei Zaubertricks wurde er schon als Kind fast besinnungslos vor Staunen.

»Keine Sorge wegen Ihres kostbaren Schlüssels«, sagte Polder. Er griff in die Brusttasche seines Hemdes, zog den Schlüssel hervor und legte ihn auf den Tisch. »Sie wirken nicht ganz unbeeindruckt. Obwohl ich Ihnen verraten darf, dass dies noch ein eher einfacher Trick ist. Noch einen, wegen der gegenseitigen Entspannung? Mich entspannt Zaubern vollkommen, auch wenn fünfzig kreischende Kinder um mich herum sind oder ultraneugierige Erwachsene. Zaubern ist wie träumen, jedenfalls für mich. Kommen Sie näher, spielen Sie mit.«

Nach einem Moment ging Süden zum Tisch.

»Sie dürfen sich ruhig abstützen, das macht es noch spannender.«

Süden stützte die Arme auf den Tisch. Aus der Innentasche seines Sakkos holte Polder einen roten Gummiball, knetete ihn und ließ ihn auf der rechten Hand rollen. »Dieser Ball nimmt eine wundersame Reise. Hoffentlich.«

Er schloss beide Hände zur Faust, ließ die Arme sinken, hob sie wieder hoch, kreiste mit den Händen vor Südens

Gesicht und stand abrupt auf. Auch Süden richtete sich auf.

»Kein Grund zur Panik, Herr Süden. Hier sind meine Fäuste, in welcher befindet sich der Ball?«

Süden hatte sich bemüht, genau zuzusehen, aber er war sich sicher, wieder nichts von dem bemerkt zu haben, was wirklich vor sich ging. »In der linken«, sagte er.

»Das ...«, sagte Polder gedehnt, »... ist nicht ganz korrekt.« Er öffnete die linke Faust, wartete ab, öffnete die rechte Faust. Der rote Ball war verschwunden.

Süden ertappte sich dabei, wie er die zwei leeren Hände anstarrte.

»Das ist jetzt schon ein etwas ausgefeilterer Trick«, sagte Polder. »Aber ich verrate Ihnen, wo Sie den Ball finden.«

Süden hatte nicht die geringste Ahnung. Womöglich trug er ihn aus mysteriösen Gründen irgendwo am Körper.

»Der Ball befindet sich in Ihrer Lederjacke, da auf dem Boden.«

Süden sah hin und wieder zu Polder. »Niemals.«

»Ich hoffe es schwer. Andernfalls müsste ich den Trick in Zukunft aus meinem Programm streichen. Gehen Sie hin, sehen Sie nach.«

Ein Detektiv und ein Zauberer nachts in einer fremden Wohnung, dachte Süden. Nichts, was man seriösen Auftraggebern, die sich jeden Euro vom Mund abgespart hatten, weitererzählen sollte. Er ging zu seiner als Kopfkissen umfunktionierten Lederjacke, kniete sich hin, tastete in den Taschen. In der rechten Außentasche fand er ihn, rot und rund wie vorhin in Polders Hand.

Süden drehte sich um. Die flache Hand traf ihn mitten ins Gesicht. Er kippte nach hinten und schlug mit dem Hinterkopf auf dem Laminat auf. Es federte ihn eher nicht ab. Der rote Ball kullerte unters Fenster, während Süden hörte, wie der Mann mit dem falschen Namen die Wohnungstür von außen absperrte.

Bis Süden sich aufrappelte, zum Tisch taumelte, um festzustellen, dass der Schlüssel nicht mehr dalag, die Balkontür öffnete und nach unten sehen konnte, war der Zauberer in der Nacht verschwunden. Polder hatte nicht fest zugeschlagen, nur gezielt und im richtigen Moment.

Wütend und beschämt massierte Süden seinen Hinterkopf, atmete die kühle Luft ein und fragte sich zum zehnten Mal, wie der verdammte Ball vom Tisch in seine Lederjacke gelangt war.

Als der Mann vom Schlüsseldienst eine Stunde später die Tür entriegelte und Birgit Hesse reichlich missgelaunt in die Wohnung kam, schaute Süden immer noch seine am Boden liegende Lederjacke an, als wäre sie eine magische Klamotte aus der Kleidertruhe Merlins.

»Ein Trickser«, sagte die Kommissarin und betrachtete den roten Ball, den sie in eine kleine durchsichtige Plastiktüte gesteckt hatte. »Du hast dich von einem Taschenspieler austricksen lassen.«

»Er hat mich niedergeschlagen«, sagte Süden, als erscheine sein Verhalten dadurch in einem weniger peinlichen Licht. Er stand vor der halbgeöffneten Balkontür und schaute hinaus, zum Haus gegenüber, zu den Bäumen am Spielplatz, Hauptsache nicht ins Zimmer.

»Du hast dich von ihm an der Nase herumführen lassen, wie an einem Nasenring.«

»Er ließ den Schlüssel verschwinden und wiederauftauchen.« Er hörte sich als Zehnjährigen sprechen.

»Phantastisch.« Birgit Hesse steckte den Beutel mit dem Ball in ihre lederne Umhängetasche. »Und dann ließ er sich selber verschwinden. Es ist halb fünf Uhr morgens, da finden normalerweise keine Zirkusvorstellungen statt. Was soll ich jetzt tun?«

»Die Fingerabdrücke auf dem Ball abgleichen«, sagte Süden. Am liebsten würde er sich nie mehr umdrehen.

»Ich weiß schon, welche wir finden werden. Deine.«

Süden drehte sich um. »Er hat Ilkas Handy mitgenommen. Vermutlich ist er deswegen hergekommen.«

»Was will er mit dem Handy?«

»Ilka hat ihn geschickt.«

»Dann war er es auch, der regelmäßig die Wohnung gelüftet hat.«

»Vielleicht«, sagte Süden.

»Außerdem hat er deinen Schlüssel geklaut. Wieso?«

»Ich weiß es nicht.«

»Diese Vermissung wird immer eigentümlicher.« Die Kommissarin warf ihm einen müden, belustigten Blick zu. »Was macht dein Kopf?«

»Denkt zu langsam.«

»Dabei heißt es doch, dass ein Schlag auf den Hinterkopf das Denkvermögen fördert.«

»Niemand sagt das.«

»Meine Großmutter hat es gesagt.«

»Deswegen denkst du so schnell und präzise«, sagte Süden. »Ich muss sofort den Namen überprüfen. Aki Polder.«

»Ein Phantasiename.«

»Das glaube ich nicht.«

»Wieso glaubst du das nicht?«

»Er bedeutet irgendetwas«, sagte Süden und hob endlich seine Jacke vom Boden auf und zog sie an. »Der Name klingt wie der eines anderen Zauberers. Aki Polder.«

»Ich werde den Computer fragen. Soll ich dich nach Hause fahren?«

»Ich gehe zu Fuß.«

»Schaffst du das?«

»Er hat mir keine Eisenstange über den Kopf gezogen.« Süden hatte einen trockenen Mund, eine trockene Kehle, ausgetrocknete Gedanken.

Sie verließen die Wohnung, ohne die Klinken zu berühren. Mit einem Taschentuch zog Süden die Tür von außen zu. Möglicherweise musste die Kripo doch noch Spuren sichern, falls der Mann zur Fahndung ausgeschrieben werden sollte.

Es wurde hell, dunkle Wolken zogen am Himmel auf, der Wind war kühl.

»Mein Wetter-App verspricht nichts Gutes«, sagte Birgit Hesse. Sie sperrte ihren schwarzen Fiat auf und warf die Tasche auf den Beifahrersitz.

Süden wusste nicht, was ein Wetter-App war, aber er

fragte nicht nach. In dieser Nacht hatte er sich schon genug blamiert.
»Bis heute am späteren Tag«, sagte sie und stieg ein.
Er wartete, bis sie losgefahren war, und machte sich dann auf den Weg zu seiner Wohnung in der Scharfreiterstraße. Eine halbe Stunde lang ging er auf der rechten Seite der Schlierseestraße, die bald Schwanseestraße hieß, in östlicher Richtung, vorbei an der Wohnanlage, in der er früher gelebt hatte. Er überquerte die mehrspurige Chiemgaustraße und bog schließlich, nicht weit vom Untersuchungsgefängnis Stadelheim, in die Scharfreiterstraße ein.
Und auf der gesamten Strecke dachte er an nichts anderes als an die unbegreifliche Wanderung des roten Balles aus den Händen des Zauberers in die Außentasche seiner am Boden liegenden Lederjacke.
Über diesem Gedanken schlief er dann auch ein, und als er sechs Stunden später aufwachte, war der Gedanke immer noch da.

8 Um zehn nach zwölf rief Hauptkommissarin Birgit Hesse auf Südens Handy an. Sie vermeldete keine überraschenden Neuigkeiten. »Bei uns ist kein Aki Polder registriert«, sagte sie. »Die Abgleichung der Fingerspuren hat auch nichts ergeben, dein Freund, der Zauberer, ist polizeilich noch nicht in Erscheinung getreten.«
»Heute Nacht schon«, sagte Süden.
»Willst du Anzeige erstatten?«
»Nein.«
»Wie geht's dir?«, sagte Birgit Hesse. »Was macht dein Kopf?«
»Sitzt fest.« Er hörte, wie sie einen Schluck trank. Sein Kaffee war wie immer kalt geworden.
»Hat dir eigentlich die Schwester was erzählt, das uns weiterhelfen könnte?«
»Eigentlich nicht«, sagte er. Er war nicht verpflichtet, Informationen preiszugeben, und er wusste, seine Ex-Kollegen dachten nicht anders, besonders gegenüber einem Detektiv.
»Hast du einen konkreten Plan?«
»Heute schreibe ich den ganzen Tag Protokolle, fast wie früher.« Wäre er Pinocchio gewesen, hätte seine Nase vom Küchentisch aus, wo er saß, die Kühlschranktür berührt.
»Wärst du halt Beamter geblieben.«
»Nehmt ihr einen neuen Anlauf bei der Vermissung?«
»Vorerst nicht«, sagte die Kommissarin. »Ich werd die

Akten noch mal lesen, kann ja sein, dass ich was übersehen habe. Bis bald dann.«
»Unbedingt«, sagte Süden. »Wiedersehen, Pinocchia.«
»Was?«
Er hatte die Verbindung schon unterbrochen. So wenig wie er die nächsten Stunden mit dem Schreiben von Ermittlungsberichten verbringen würde, so wenig würde Birgit Hesse nichts unternehmen. Als Erstes würde sie die Überwachung der Wohnung von Ilka Senner anordnen und dann weitere Befragungen durchführen, vor allem bei der Mutter, falls diese ansprechbar war, bei der Schwester und noch einmal bei sämtlichen Nachbarn sowie den Leuten aus der Kneipe »Charly's Tante«.
Etwas allerdings, davon war Süden überzeugt, würde sie nicht tun. Das, was *er* sich vorgenommen hatte.

»Das ist natürlich schon ein Problem«, sagte Hanne Gries, die Rektorin der Grundschule an der Hiltenspergerstraße in Schwabing. In diesen Stadtteil trieb es ihn offensichtlich immer wieder zurück, wie das Quartett der Ilka-Vermisser an deren Stammtisch.
»Das ist kein Problem«, sagte Süden. »Ich habe Ihnen den Notfall erklärt.« Er stand vor dem Schreibtisch der Direktorin. Im Vorzimmer herrschte ein ununterbrochenes Kommen und Gehen von Schülern, die alles Mögliche dringend wissen wollten. Die zwei Sekretärinnen schien nichts aus der Ruhe zu bringen, ähnlich wie ihre Chefin, deren geduldiges Zuhören nicht bedeutete, dass sie mit allem einverstanden war.

»Ich will nur die Jahrgänge überprüfen, die ich Ihnen genannt habe«, sagte Süden. »Ich suche nur nach zwei Namen.«

»Das habe ich verstanden.« Die Direktorin setzte ihre schmale Brille ab. Sie trug eine dunkelblaue Bluse mit einer silbernen Brosche, ihr Blazer hing auf einem Bügel an der Schranktür. Das Büro war hell und aufgeräumt, geschmückt mit zwei Grünpflanzen in satten Farben und einem Strauß Sonnenblumen auf dem Besuchertisch. Auf dem Fensterbrett lagen ordentlich gestapelt mehrere Tageszeitungen und Illustrierte. Ein Geruch nach Lavendel durchzog den Raum.

»Was mich verwundert«, sagte Hanne Gries und sah Süden mit einem Blick an, den er unweigerlich streng fand, »das ist, dass die Polizei sich noch nicht bei uns gemeldet hat. Die müssten doch das gleiche Interesse haben wie Sie.«

Süden sagte: »Ilka Senner ist eine erwachsene Frau, und solange kein konkreter Hinweis auf ein Verbrechen oder Selbstmord besteht, führt die Kripo nur allgemeine Befragungen durch. Ich bin im Auftrag ihres Arbeitgebers hier, ich verfolge andere Spuren als die Polizei.«

Sie sah ihn weiter an, bevor sie antwortete. »Und Sie glauben, dass Sie in den Jahrgängen von vor vierzig Jahren eine Spur zu der verschwundenen Frau finden?«

»Das hoffe ich.«

»Süden«, sagte sie. »Wo kommt der Name her?«

»Meine Eltern hießen so.« Aus alter schulischer Höflichkeit fügte er hinzu: »Sie stammten aus dem Sudetenland und mussten im Krieg fliehen, ich bin hier geboren.«

»Meine Familie kommt auch von dort.« Sie setzte wieder ihre Brille auf. »Wir machen es folgendermaßen: Ich suche die Jahrgänge raus und sage Ihnen, wenn ich die Namen finde. Einverstanden?«
Er war nicht einverstanden, er wollte selbst nachsehen. »Ja«, sagte er. »Die Akten sind im Keller?«
»Die Akten ja, aber wir haben alles digitalisiert. Ich brauche nur im Computer nachzuschauen. Bitte setzen Sie sich derweil. Möchten Sie was trinken?«
»Nein«, sagte er, ging zum Tisch und blieb stehen. Die Direktorin deutete auf einen der Stühle, und er bedeutete ihr, dass er stehen bleiben wolle. Sie wandte sich zum Computer und fing an zu tippen.
Vor dem Fenster tanzten die Zweige einer Linde. Der Wind war stärker geworden, bald würde es regnen.
»Kein Kind namens Aki Polder im entsprechenden Jahrgang«, sagte die Direktorin. »Ich schau noch in zwei weiteren Jahrgängen nach. Nichts. Wie war der andere Name?«
»Zeiserl«, sagte Süden.
»Klingt mehr nach einem Spitznamen.«
»Das kann man nicht wissen.«
Die Direktorin beugte sich zum Bildschirm. »Hier ist ein Zeisig, Bertold.«
Süden holte seinen kleinen karierten Spiralblock und den Kugelschreiber aus der Jackentasche. »Im selben Jahrgang wie Ilka Senner?«
»Ja.«
»Aber kein Aki Polder?«
»Nein.«

»Haben Sie eine Adresse von Bertold Zeisig?«
»Nein. Hier steht was! Polder, Gregor, aber drei Jahrgänge früher.«
Süden machte sich Notizen. »Auch keine Adresse.«
»Nein.«
»Sie haben mir sehr geholfen«, sagte er, steckte Block und Stift ein und ging zum Schreibtisch der Direktorin. »Sind da Fotos der Schüler?«
Hanne Gries zögerte, dann drehte sie den Computer in Südens Richtung. »Das ist das Gruppenfoto mit Ilka und Bertold in der ersten Klasse, auf dem Bild hier ist der Gregor Polder in der vierten, die Namen stehen drunter.«
Süden sah Ilka als Sechsjährige in einem dunklen Kleid – die Aufnahmen waren in Schwarzweiß – und in der Reihe vor ihr Bertold, einen in die Kamera grinsenden Buben mit zerwuseltem Haar und einem Rollkragenpullover. Auf dem anderen Foto sah er einen Jungen namens Gregor Polder in einer Kniebundhose und einem hellen Hemd. Weder er noch Ilka lächelten, beide wirkten, jeder auf seine Weise, in sich gekehrt und mürrisch.
»Was sagen Ihnen die Bilder?«
»Das weiß ich noch nicht.« Süden hätte ihr gern von dem nächtlichen Besucher in Ilkas Wohnung erzählt und dass er diesen für Bertold Zeisig hielt und dass in der Beziehung der beiden vermutlich auch Gregor Polder eine Rolle spielte. Doch er wusste, die Direktorin würde seine Informationen an die Kripo weitergeben, falls Birgit Hesse doch noch die Spur zu Ilkas Grundschule verfolgte.

»Und Sie?«, sagte die Direktorin. »Waren Sie ein guter Schüler?«
»Ich bin so durchgekommen.«
»Auf dem Gymnasium?«
»Ja.« Wie bei seinem Freund Martin war die Schule für ihn ein einziger Hürdenlauf gewesen, für den sie sich jedes Jahr von neuem die Beine ausreißen mussten, ohne dass dies einen Einfluss auf ihre Noten gehabt hätte.
»Das Abitur hat Ihren Einstieg in den Beruf bestimmt erleichtert. Was haben Sie ursprünglich gelernt?«
»Ich war Polizist.«
»Und warum sind Sie das jetzt nicht mehr?«
Süden gab ihr die Hand und ging zur Tür. »Danke für Ihre Geduld.«
»Die gehört zu meinem Beruf.«
Umringt von kreischenden, schreienden, rennenden Schülern, bahnte Süden sich den Weg in den Pausenhof. Dort blieb er stehen und hörte eine Zeitlang den wirbelnden Stimmen zu. Er beobachtete die Kinder bei ihren Neckereien und tolpatschigen Handgreiflichkeiten. Er sah Mädchen, die mit der Hand am Ohr ihrer Freundin wichtige Dinge zuflüsterten. Er sah Jungen, die sich mit Stimmen anschrien, die viel zu klein waren für die Lautstärke. Er sah zwei Lehrerinnen, die sich unterhielten und gleichzeitig das Geschehen im Blick behielten, und er spürte den Wind im Gesicht, der auch mitspielte.
Süden schloss die Augen und legte den Kopf in den Nacken.
Als er die Augen wieder öffnete, stand ein sechsjähriges

Mädchen in einer kurzen Jeans und einem sonnenblumengelben Pullover vor ihm und sagte: »Hast du dich vielleicht verlaufen?«

»Und wie ist Ihr Name?«
»Tabor Süden.«
»Und um wen geht's?«
»Haben Sie heute Zeitung gelesen?«
»Nein.«
»Eine ehemalige Schulkameradin von Ihnen ist verschwunden.«
Süden saß in einem Café am Kurfürstenplatz und trank schwarzen Kaffee, der zwielichtig schmeckte. Er war nicht der einzige Handytelefonist, aber der leiseste. Drei Tische weiter erläuterte ein Mann Anfang dreißig jemandem am anderen Ende die Vorteile von Kitzbühel. Soweit Süden zwangsweise verstand, hatte Kitzbühel ausschließlich Vorteile, egal, was andere Leute meinten.
»Ich hab keinen Kontakt zu ehemaligen Schulfreunden«, sagte Gregor Polder am Telefon.
»Ich würde Sie gern besuchen.«
»Das geht nicht.«
»Sie wohnen in der Akeleistraße«, sagte Süden. »Daher kommt Ihr Spitzname Aki.«
»Woher wissen Sie, wo ich wohne?«
»Von der Auskunft, von der ich auch Ihre Telefonnummer habe.«
»Die geben jetzt auch Adressen raus?«
»Sie können es verbieten lassen.«

»Das werd ich tun.« Polder hustete und stieß ein verkrampftes Lachen aus. »Obwohl mich sowieso nie wer anruft, mich kennt keiner, überflüssiger Aufwand.«
»Ich würde gern mit Ihnen persönlich sprechen.«
»Für mich ist das so persönlich genug.«
»Sie erinnern sich an Ilka Senner«, sagte Süden.
»Milka-Ilka, ja.«
»Erklären Sie mir den Spitznamen.«
»Sie war süß. Ich weiß nicht mehr, wer den Namen erfunden hat. Die meisten sagten bloß Milka zu ihr. War ja klar.«
»Haben Sie Kontakt mit ihr?«
»Nein.«
»Trotzdem erinnern Sie sich an sie.«
»Hab kürzlich mit jemandem über sie gesprochen.«
»Mit wem?«
»Auch mit einem ehemaligen Schulfreund.«
Süden überlegte, dann sagte er: »Mit dem Zeiserl.«
»Woher wissen Sie das?«
»Er war bei Ihnen.«
»Er stand einfach vor der Tür und hat genervt. Ich hab ihn reingelassen, sonst wär der nie wieder weggegangen. Zum Glück war das Wetter schön, da konnten wir auf der Terrasse sitzen.«
»Sie mögen keine fremden Leute in Ihrer Wohnung«, sagte Süden. »Auch keine ehemaligen Schulfreunde.«
»Niemanden.«
»Sie leben allein dort.«
»Im Haus meiner Eltern. Wer schreit da so bei Ihnen?«

»Ein Mann am Handy, er war im vergangenen Winter in Kitzbühel, hat dort Franz Beckenbauer und andere Prominente getroffen und will jetzt, dass sein Freund im Dezember mit ihm hinfährt.«
»Aber jetzt ist erst Sommer«, sagte Polder.
»Vielleicht hat er gerade einen saisonunabhängigen Sprechanfall.«
»Hier ist es viel stiller.«
»Was wollte Herr Zeisig von Ihnen?«
»Sehr gute Frage. Er hat behauptet, er hätt in der Nähe zu tun gehabt und sich spontan an mich erinnert. Das hat mir gefallen: dass er sich spontan erinnert, so ganz plötzlich, so zack, zack. Was gibt's noch für eine Art, sich zu erinnern? Unspontan. Langfristig. Nein, er hat sich spontan erinnert und zack, stand er vor meiner Tür und blieb dann zwei Stunden.«
»Wann war das?«
»Vor einem Monat ungefähr, fünf Wochen, weiß nicht genau.«
»Und Sie sprachen über die Ilka.«
»Ich nicht, er hat über sie gesprochen. Ich hab gar nichts gesagt. Er hat mir zwei Stunden lang irgendwas erzählt, obwohl ich ihm nur eine einzige Flasche Bier angeboten hab, die stand dann leer auf dem Tisch, eine neue hab ich nicht geholt.«
»Den Spitznamen Aki hat er damals erfunden«, sagte Süden.
»Glaub schon. Wir sind im selben Haus in der Mitterwieserstraße aufgewachsen und haben Fußball gespielt und

alles. Er ist ja jünger als ich, aber er war immer schon mit den Älteren zusammen. Als meine Eltern an den Mangfallplatz zogen, hat er uns öfter besucht. Wir haben Fußball gespielt, Tippkick, waren im Perlacher Forst unterwegs, mit Pfeil und Bogen. Nach der Sache mit dem Baumhaus wollt ich ihn nicht mehr sehen, meine Eltern auch nicht.«

»Erzählen Sie mir von der Sache.«

»Ungern.«

»Aber Sie haben vor fünf Wochen mit Zeisig darüber gesprochen.«

»Nein.«

»Und er hat auch nichts gesagt.«

»Jetzt muss ich mal was fragen. Sie haben mich angerufen, weil jemand verschwunden ist. Wer denn? Und was haben der Zeiserl und die Ilka damit zu tun?«

»Ilka ist verschwunden«, sagte Süden. »Und ich hatte heute Nacht vermutlich eine unerwartete Begegnung mit Bertold Zeisig. Beschreiben Sie ihn.«

»Selbstgefällig. Eher schmierig als unschmierig. Angehabt hat er ein schwarzes Sakko und ein weißes Hemd, und das Bier hat er mit zwei Schlucken ausgetrunken. Er hat behauptet, er käm grad von einem Auftritt bei einer Familienfeier in Harlaching. Er ist angeblich ein professioneller Zauberer. Sind Sie noch da?«

Süden versuchte, seine Gedanken halbwegs zu ordnen, das Bild, das er sich bis zu diesem Moment von Ilka Senner gemacht hatte, nicht völlig verblassen zu sehen. Der Nebel, schien ihm, wurde immer dichter. Die handelnden Per-

sonen irrten wie Geister durch eine Landschaft, die er eigentlich kannte, die Landschaft der gewöhnlichen Lügner. Keiner von ihnen verfolgte ein böses Ziel. Sie nahmen bloß sich selbst in Schutz und tricksten mit ihren Verfehlungen und Unachtsamkeiten und ihrer Schuld, die sie aufrichtig empfanden, wenn jemand aus ihrem Umfeld ungefragt das Spielfeld verließ und unsichtbar wurde.
Welches Spielfeld hatte Ilka verlassen? Bisher hatte Süden gedacht, ihr Verschwinden stehe im Zusammenhang mit ihrer Arbeit, ihrem Arbeitgeber, ihren Gästen, Leuten aus dem Dunstkreis der verrauchten Kneipe. Auf diesem Spielfeld hatte ein Bertold Zeisig keine Funktion. Oder doch? Und Aki aus der Akeleistraße? Wieso kam er ins Spiel? Zeisig hatte in der Nacht den Scheinwerfer auf ihn gerichtet, indem er dessen Namen benutzte.
Zeisig, der Zauberer.
»Hier bin ich«, sagte Süden. »Und er hat den Namen von Ilka erwähnt.«
»Er fragte mich, wie Sie, ob ich mich an sie erinnern würd. Zuerst wusste ich nicht, wen er meinte, aber als er Milka-Ilka sagte, fiel mir wieder ein, wer sie war. Das Mädchen aus dem Radlgeschäft in der Schleißheimer. Da war ich oft, besonders in der Werkstatt. Der Vater war wahnsinnig streng zu seinen Kindern, die Mutter auch. Dann ist er gestorben, und die Ilka musste schon als kleines Mädchen Felgen reparieren und Schläuche kleben. Das weiß ich noch, sie hat mir leidgetan. Auf einmal hat der Zeiserl angefangen, von ihr zu erzählen, spontan wahrscheinlich.«

»Was hat er erzählt?« Süden warf einen Blick zum Kitzbühel-Tisch, wo es still geworden war. Der Mann saß da und weinte.
Das war nur eine Illusion von Süden. Der Mann tippte eine Nummer und schrie dann: »Servas, Edwin, hast einen Moment ...« Offensichtlich hatte der andere einen Moment übrig, oder jemand hielt ihm eine geladene Sig Sauer an die Schläfe und zwang ihn zuzuhören. »Wir ham doch neulich von Kitzbühel gesprochen, ich muss da jetzt mal reservieren ...«
Süden wandte sich ab. Vor den großen Fenstern des Cafés zogen Straßenbahnen vorbei, bogen um die Ecke, und die Räder quietschten. Das Licht war grau. Es regnete.
»Er hätt sie getroffen«, sagte Gregor Polder. »Er hätt die Ilka auf der Straße gesehen und angesprochen, und sie wären dann auf einen Wein gegangen und hätten von früher geredet. Sie waren ja in derselben Klasse. Zwei Stunden hat er mir davon erzählt. Ich hab ihn nicht drum gebeten. Ich wollt ihn rausschmeißen, schon an der Tür, hab ich nicht hingekriegt. Das passiert mir nie wieder. Nie mehr wieder, das schwör ich Ihnen. Ich lass niemand mehr einfach so rein. Noch dazu so einen wie den Zeiserl. Ich brauch keine Leute.«
»Ihre Eltern leben nicht mehr im Haus«, sagte Süden.
»Sind gestorben. Lang her, einundzwanzig Jahre. Ein Unfall. Sie waren mit einem Reisebus in Kroatien, es hat geregnet, der Bus ist aus der Kurve geflogen und in eine Schlucht gestürzt. Acht Tote. Touristen aus Deutschland

und Österreich, wie meine Eltern. Ich bin dann in das Haus gezogen. Wusst sowieso nicht, was ich machen sollt. Ich wollt ja mal Filmregisseur werden, ernsthaft. Hab mich auf der Filmhochschule beworben, sie haben mich nicht genommen. Vorbei. Telefonieren Sie eigentlich die ganze Zeit mit dem Handy?«

»Ja«, sagte Süden.

»Das ist aber schädlich.«

»Deswegen wollte ich zu Ihnen kommen.«

»Das geht nicht.«

»Warum nicht? Halten Sie Ilka Senner bei sich versteckt?«

»Nein.« Er hustete wieder. »Ich halte niemanden versteckt, ich bin allein. Wissen Sie, wie ich meinen Lebensunterhalt verdien? Ich schreib Groschenromane, einen nach dem anderen, tolle Sachen, Westernstorys, die Hauptfigur heißt McRing, Jefferson McRing. Der rächt sich im Auftrag von Leuten an Männern, die's verdient haben zu sterben. Das Beste daran ist, ich muss das Haus nicht verlassen, ich schick das Manuskript per Mail an den Verlag, die schauen es durch, korrigieren ein bisschen und fertig. Ich kann das. Niemand redet mir drein, kein Produzent, kein Redakteur, nur ich. Ich entscheide, was passiert. Früher hab ich ganze Drehbücher geschrieben und an Sender und Produzenten geschickt, keine gemütliche Zeit. Eins hab ich verkauft, sie haben es dann umgeschrieben, egal.«

»Ich verstehe das nicht«, sagte Süden. »Zeisig hat Ihnen von Ilka erzählt und sonst nichts. Warum hat er das getan?«

»Keine Ahnung. Vielleicht war er wirklich in der Nähe und hatte seinen Auftritt und wollt nur Hallo sagen, wär ja denkbar. Wir waren Freunde früher.«
»Bis zu dem Vorfall im Baumhaus.«
»Ja.«
»Sie waren beide damals im Wald, Zeiserl und Sie, allein.«
»Wir haben das Baumhaus zufällig entdeckt, mitten im Wald, solide Bretter, das weiß ich noch, provisorisches Dach, stabile Leiter, sogar eine Bank zum Sitzen stand drin. Wir sind hochgeklettert, haben uns auf die Bank gesetzt und auf irgendwelche Tiere gewartet. Rehe, Füchse, Wildschweine, obwohl wir ziemlich sicher wussten, dass im Perlacher Forst keine Wildschweine leben. Und plötzlich sagt er zu mir, er würd später mal Zauberer werden, ein weltberühmter Zauberer, sie würden Filme über ihn drehen, und er würd in Amerika auftreten, in großen Shows, überall auf der Welt. Ich hab ihn ausgelacht. Er hatte diese hohe Stimme, wie ein Mädchen, das war sowieso schon lustig, wenn er dann versucht hat, ernste Sachen zu sagen, mit wichtiger Miene, ein echter Schlaubauch. Ich hab gelacht, und er hat mir auf die Schulter geklopft und gemeint, mein Lachen sei unangebracht. Das Wort hatte ich vorher noch nie gehört: unangebracht.
Dann stand er auf und lehnte sich an die Brüstung. Es war schon fast dunkel, wir mussten uns beeilen, nach Hause zu kommen. Als ich neben ihm stand, sagte er, er könne jetzt schon zaubern. Zeig mal, sagte ich, und er sagte, er könne zum Beispiel mich verschwinden lassen,

das sei ganz einfach. Ich lachte wieder. Da gab er mir einen Schubs, und ich flog unter der Brüstung durch und den Baum runter. Das ging so schnell, dass ich nicht mal den Aufprall richtig mitgekriegt hab.
Ich schrie und heulte, ich hab sofort gespürt, dass ich mir das Bein und den Arm gebrochen hab und vielleicht sonst noch was. Die Schmerzen waren irre. Zeiserl kletterte die Treppe runter, kniete sich neben mich und sagte, wenn ich ihn verraten würd, würd er mich richtig verschwinden lassen, und zwar für immer. Hab ich sofort geglaubt.
Dann lief er zu meinen Eltern und sagte denen, ich wär vom Baum gefallen. Es dauerte ewig, bis sie da waren, der Sanitäter und die Polizei sind auch gekommen. Ich hab ihn nicht verraten, niemals. Ich hatte einen doppelten Schlüsselbeinbruch, einen Unterschenkelbruch und tausend Verstauchungen. Den Rest des Sommers und den ganzen Herbst hab ich praktisch im Krankenhaus und daheim verbracht, hier in diesem Haus. Meine Eltern haben mich immer wieder gefragt, was wirklich passiert ist, aber ich hab ihnen nichts erzählt.
Ich war neun, ich war schüchtern, ängstlich, feige auch. Danach haben wir uns nie mehr gesehen, der Zeiserl und ich, bis zu dem Tag vor fünf Wochen.«
»IUnd Sie haben ihr nicht auf den Vorfall angesprochen?«
»Nein. Ich wollt, dass er abhaut und nie wiederkommt. Aber ich hab es nicht geschafft, ich war wieder nicht mutig genug. Ich bin immer noch genau sofeige wie damals.«

»Sie sind nicht feige«, sagte Süden. »Sie wurden überrumpelt. Hat Zeisig angedeutet, ob er regelmäßig Kontakt mit Ilka hat? Hat er vorgeschlagen, dass Sie sich mal zu dritt treffen?«
»Nein. Er meinte bloß, er würd mich zu seiner Hochzeit einladen.«
Süden schwieg.
»Anscheinend will er heiraten. Ich hab nichts dazu gesagt, im Leben würd ich da nicht hingehen.«
»Er will Ilka heiraten.«
»So hab ich das verstanden. Aber ... Wieso ist sie dann verschwunden?«
Der Mann drei Tische weiter sagte in sein Handy: »Ist schon saugeil in Kitzbühel ...«

› **9** In der Nacht nach seinem Besuch in Ilkas Wohnung, wo er zu seiner größten Überraschung einen Mann namens Süden getroffen hatte, änderte sich das Leben von Bertold Zeisig.

Aber das wusste er noch nicht, als er, erschöpft von seinem Auftritt bei einer Firmenfeier im Bogenhausener Grand Hotel, in seine Küche kam und Ilka am Tisch sitzen sah. Mit dem Finger fuhr sie über die vor ihr ausgebreitete Zeitung, Zeile für Zeile unterhalb des Fotos, das sie in einem weißen Pullover und Bluejeans auf einer Parkbank zeigte.

Sie sah nicht auf. Er ging wortlos zur Anrichte, wo ein Teller mit einem Apfel und einem Obstmesser lag, und goss aus einer angebrochenen Flasche Rotwein in ein Glas und trank es in einem Zug aus. Er wischte sich mit dem Ärmel seines Sakkos über die Stirn, betrachtete die gekrümmt dasitzende Frau und sah das silberne Handy, das er auf ihren Wunsch hin aus der Wohnung geholt hatte.

Sie hatte ihn gefragt, ob er es nicht einfach herzaubern könne.

Sie hatte keine Ahnung von seinem Handwerk. Und wieso sie auf einmal ihr Handy brauchte, war ihm ein Rätsel. Überhaupt verstand er vieles an ihr nicht, ihr Verhalten, ihre fast hektische Art zu reden, als fürchte sie, er würde schlagartig weglaufen. Sie war nicht attraktiv, zu dürr, seiner Meinung nach, zu blass, zu farblos insgesamt. Trotzdem liebte er sie.

Er nannte es Liebe, weil ihm kein besseres Wort für das einfiel, was er in ihrer Nähe empfand. Und ihr ging es genauso, da war er sich sicher. Sonst hätte sie nicht angerufen und ihn gebeten, sie verschwinden zu lassen. Schließlich sei er doch ein großer Zauberer. Das waren ihre Worte gewesen. Natürlich hatte er gedacht, sie wolle ihn nur aufziehen und sei wahrscheinlich betrunken. Weder das eine noch das andere war der Fall. Sie meinte es ernst. Er hatte sie nach den Gründen gefragt, und sie hatte ihm erklärt, diese spielten im Moment keine Rolle. Eine Weile hatte er öfter Menschen verschwinden lassen, meist Frauen, auf offener Bühne, gemeinsam mit seiner Assistentin Janine. Das war in der Blütezeit gewesen. Danach hatte sich alles geändert. Und jetzt hatte er wieder eine Frau verschwinden lassen, und das Publikum staunte. Sogar von der Polizei wurde sie inzwischen gesucht, so gut hatte er sie verschwinden lassen, und von einem Detektiv, der sich in ihre Wohnung geschlichen hatte, wie ein Dieb.

Er musste an seine Begegnung mit Aki Polder denken, den er damals hatte fliegen lassen.

Manchmal, dachte er beim Anblick der Zeitung lesenden Frau in seiner Küche, wartete das Leben mit kolossalen Wendungen auf. Man musste nur bereit dafür sein, man durfte sich nicht sträuben, sondern musste den Dingen ihren Lauf lassen. So hatte er die Zeit nach Janines Abschied bewältigt, so hatte er überlebt. Und nun begann seine Zukunft mit Ilka.

Seine nächtlichen Besuche in dem Lokal, wo sie arbeitete, waren nicht umsonst gewesen. Ilka hatte seine Zeichen verstanden und entsprechend gehandelt. In ihrer Gegenwart würde er wieder auf die großen Bühnen zurückkehren und gemeinsam mit ihr zu neuer Blüte gelangen.

Er gab ihr einen Kuss ins Haar, das sie frisch gewaschen hatte, worum er sie am Morgen gebeten hatte. Sie reagierte nicht. Die kurze Meldung in der Zeitung schien sie zu faszinieren. Vornübergebeugt, mit zusammengepressten Lippen, las sie den Text immer wieder und fuhr am Ende mit dem Zeigefinger kreuz und quer übers Papier, als wollte sie die Buchstaben ausradieren.

Belustigt sah Zeisig zu. Seit er in die Küche gekommen war, hatte sie ihm noch keinen Blick zugeworfen. Als er sich auf den Weg zurück in den Flur machte, wo er die Schuhe auszog und sein Jackett auf einen Bügel hängte, sah sie ihm nicht hinterher.

Erst nachdem er die Tür zum Badezimmer hinter sich geschlossen hatte, richtete sie sich auf, betrachtete noch einmal ihr Foto in der Zeitung und sagte: »Jetzt muss ich alles anders machen.«

Zeisig betrachtete seinen nackten Körper im Spiegel und putzte sich dabei die Zähne. An den Schultern hatte er Narben aus der Kindheit, am Bauch eine Narbe von einer beinahe verunglückten Blinddarmoperation, an den Unterarmen Spuren von Verletzungen, die er sich selbst zugefügt hatte.

Zum Glück, dachte er oft, zeigte sein Gesicht keine Spuren

von Verunstaltungen, abgesehen davon, dass es teigig und bleich war, wie sein ganzer Körper. Falsche Ernährung, zu hoher Alkoholgenuss, er machte sich nichts vor. Aber der Jochbeinbruch war vollständig verheilt, obwohl sie ihm Metallplatten eingesetzt hatten, um die Knochen zu stabilisieren, und er einige Monate mit einem ziemlich verschobenen Gesicht herumlaufen musste. Davon war nichts mehr zu sehen. Trotzdem hatte er Janine die Attacke bis heute nicht verziehen und würde es nie tun.

Gegenüber der Polizei hatte er sie nicht verraten. Unbekannte, erklärte er, hätten ihn überfallen, beraubt und misshandelt. Sich selbst gegenüber musste er ehrlich bleiben. Er hatte Janine zur Rechenschaft gezogen, später jedoch festgestellt, dass er seinen Zorn nur unwesentlich losgeworden war. Seit einiger Zeit, vor allem, wenn er zu lange vor dem Spiegel stand und die Gedanken des Tages wie Feuerbälle durch seinen Kopf rasten, ertappte er sich dabei, wie er den alten Zorn wieder heraufbeschwor, gerade so, als bräuchte er ihn als Lunte fürs Weitertun am nächsten Morgen.

Dann neigte er den Kopf vor, bis seine Stirn das Glas berührte, und bildete sich ein, jede Faser seiner linken Wange noch besser erkennen zu können. Das war Unsinn, das wusste er, und er würde auch nichts erkennen, wenn er im richtigen Abstand hinsah. Doch etwas zwang ihn dazu. Etwas in ihm setzte eine solche Vorstellungsmaschinerie in Gang, dass er das Geschehen jedes Mal in allen Einzelheiten vor sich sah. Den dürren Baum unter der Straßenlampe. Die schwarzen, knochigen Äste. Das

buttergelbe Licht. Die geparkten Autos. Janines bebenden Körper unter ihrem grauen Wollmantel, ihre speichelnassen schmalen Lippen, ihre unter der Strickmütze hervorstehenden blonden Haare, ihren verhexten Blick, ihre Bewegung, als sie sich bückte und etwas aufhob, einen Pflasterstein aus dem Haufen am Straßenrand. Er sah den quadratischen, handgroßen Stein im Licht der Straßenlampe und die Hand, die ihn umklammerte. Im nächsten Moment spürte er den Schmerz unterhalb der Stirn, und dieser Schmerz breitete sich in seinem Kopf aus und ließ ihn rückwärtstaumeln.
Noch heute, jetzt wieder, sah er sich rückwärts über den Randstein kippen, genau zwischen die Stoßstangen zweier geparkter Fahrzeuge. Sein rechter Arm ruderte durch die Luft. Er wollte sich an einem Baumstamm festhalten, aber er griff daneben oder er griff überhaupt nicht danach, das wusste er nicht mehr. Dieses Detail war ihm abhandengekommen, wie sein Aufschlagen auf dem Asphalt, wie Janines Reaktion und ihr Verschwinden. Er verlor nicht das Bewusstsein, er lag nur da, auf dem Rücken, mit einem Schädel aus Schmerzen, die keine Geräusche von außen durchließen. Jemand kam und beugte sich über ihn. Noch jemand kam. Schließlich tauchte aus der verschwommenen Novembernacht ein Krankenwagen auf. Dann riss seine Erinnerung ab und setzte erst wieder im Krankenhausflur ein, als ein Arzt ihn nach seinem Namen fragte.
In diesen Momenten vor dem Spiegel wurde er zum Gefangenen seiner Vorstellung, und wenn er sich endlich

davon freimachte – unter der kalten Dusche oder bei einer Flasche Rioja –, begann er manchmal zu lächeln.
Davon lebte er doch: dass sein Publikum zum Gefangenen *seiner* Vorstellung wurde, wehrlos und abhängig vom Willen des Mannes auf der Bühne, der als Einziger den Schlüssel zur Befreiung besaß.
Von alldem – und einigem anderen – hatte er Ilka bisher kein Wort erzählt.
Seit ungefähr einem Monat wohnte sie bei ihm und hatte ihm noch keine einzige Frage gestellt. Außer der einen, ob er sie eine Weile verschwinden lassen könne.
Er hatte es getan. Er würde es weiter tun. Für alle Zeit, dachte er unter der eisigen Dusche, die ihn nüchtern machte. Danach zog er seine Hauskleidung an, eine grüne Stoffhose und ein weißes T-Shirt, schlüpfte in die stabilen und bequemen Hauslatschen, die er aus einem Hotel mitgenommen hatte, und ging in die Küche.

Ilka saß immer noch am Tisch. Er setzte sich zu ihr. Seine Haare hatte er trocken gerubbelt und mit Duftwasser eingesprüht. Auf Rasierwasser hatte er verzichtet, wie aufs Rasieren.
Er kratzte sich an der linken Wange, schrappte über seine Bartstoppeln. Ilka schaute ihn an.
»Ich muss dir was erzählen«, sagte er.
»Ich muss dir auch was sagen.«
»Du zuerst.«
»Nein«, sagte Ilka und warf wieder einen schnellen Blick auf ihr Foto in der Zeitung.

»Heut Nacht in deiner Wohnung«, sagte Zeisig. »Da lag ein Mann in deinem Wohnzimmer auf dem Boden, er schlief.«

Sie sah ihn mit dem Ausdruck eines erschreckten Kindes an. Ihr Mund stand halb offen. Zeisig kam es vor, als würde sie die Luft anhalten.

»Harmloser Zeitgenosse. Ich bin zuerst auch erschrocken, aber wir haben keinen Grund zu erschrecken. Er ist wieder weg.«

»Aber wer ... wer ...« Sie stotterte fast.

»Sein Name ist Süden. Womöglich ein Tarnname. Er sucht nach dir, ich habe dich nicht verraten, Ilka. Ich habe noch nie jemanden verraten.«

»Ein Einbrecher«, sagte Ilka leise.

»Auf keinen Fall, der Mann hatte einen Schlüssel. Woher? Hast du eine Ahnung?«

»Nein. Von meiner Schwester!«

»Von einer Schwester hast du mir nie was erzählt.«

»Wozu denn?«

»Du hast recht, deine Familie geht mich nichts an. Den Schlüssel habe ich an mich genommen, mach dir deswegen also keine Sorgen.«

»Warum hat meine Schwester das getan?« Ilka redete nicht zu ihm, sondern zur Zeitung. »Warum hat die ihm meinen Schlüssel gegeben? Das darf die nicht, das hab ich ihr nicht erlaubt. Alle machen immer, was sie wollen. Nur im Lokal nicht, da dulde ich das nicht, da bestimme ich.«

»Sehr gut.«

»Ja, sehr gut. Ich muss dir was sagen.« Sie drehte den Kopf zu ihm. »Ich kann nicht länger hierbleiben, ich will schon, aber ich kann nicht. Mein Foto ist in der Zeitung, die Polizei ist hinter mir her, jeder in der Stadt sieht mein Gesicht, das ist mir unangenehm. Wenn meine Mutter das Bild sieht, bekommt sie einen zweiten Herzinfarkt. Die denkt doch, ich bin tot. Leute, die in der Zeitung gesucht werden, sind immer tot.«
»Das stimmt nicht.«
»Das stimmt, ich weiß doch, was die Gäste bei uns erzählen. Wenn das Foto von jemandem abgedruckt ist, ist der umgebracht worden. Oder er hat sich selber umgebracht. Das war immer schon so. Meine Leute denken, ich bin tot, und das möchte ich nicht. Das ist nicht gerecht. Ich hab meine Gründe gehabt wegzugehen, aber jetzt ist alles anders. Verstehst du das, Zeiserl?«
»Das verstehe ich«, sagte er.
Er dachte an eine Menge Dinge gleichzeitig. Wahrscheinlich hätte er schon früher mit der Planung für die Zukunft beginnen sollen, er hatte keine Zeit gehabt und Ilka keine Eile. Er wollte jetzt abwarten, zuhören, dann entscheiden und handeln. Alles war schlagartig anders, Ilka hatte recht, sie mussten sich beide darauf einstellen.
»Der Mann in meiner Wohnung«, sagte sie. »Er hat einfach da geschlafen?«
»Und er hat deinen Wein getrunken.«
»Ich darf nie wieder meinen Schlüssel herleihen.«
»Ich hab ihn eingesperrt, er wird einen Haufen Ärger bekommen, wenn er den Schlüsseldienst anruft und be-

weisen muss, wie er sich ohne Schlüssel selbst eingesperrt hat.«
Ilka kicherte unbeholfen. »Ich ruf gleich mal meine Schwester an.« Sie griff nach dem silbernen Handy am Tischrand.
»Das kannst du morgen früh machen«, sagte Zeisig. »Ich möchte dir noch was erzählen. Ich hab einen alten Freund von dir besucht, du errätst nie, wen ich meine.«
»Wen denn? Ich hab keine alten Freunde mehr, ich hab überhaupt keine Freunde, nur meine Gäste und den Dieda und seine Frau.«
Den alten Freund aus der Grundschule zu besuchen war ein Gedanke ins Blaue hinein gewesen. Zwei Familien, die den Geburtstag ihrer Kinder feierten, hatten ihn engagiert, und bei der Suche nach der Adresse im Stadtplan fiel ihm die Akeleistraße ein.
Eine Eingebung. Vielleicht kam er darauf, weil es erst vier Tage her gewesen war, dass Ilka Senner ihn gebeten hatte, er möge sie verschwinden lassen, denn das sei lebenswichtig.
Manchmal lag ein magisches Vibrieren in der Luft, nicht nur bei seinen Auftritten, sondern im Leben allgemein. Und anders als in seinen bescheidenen Shows, in denen das Vibrieren handgemacht und nur bedingt magisch zu nennen war, erzielten die kosmischen Tricks des Schicksals eine verstörende Wirkung, deren wahre Bedeutung man erst allmählich begriff.
Vom Harlachinger Griechenplatz bis zur Akeleistraße beim Mangfallplatz waren es mit dem Auto nur ein paar

Minuten. Derweil saß Ilka bei ihm zu Hause wie bestellt und hatte keine Ahnung, was eigentlich vor sich ging.
Eine Fügung, die er bis zu diesem Augenblick in der Küche ausgekostet hatte. Und nun sollte Ilka an diesem Zauber teilhaben.
»Den Aki Polder habe ich besucht«, sagte er und kratzte sich an beiden Wangen, als wäre er aufgeregt und verlegen. Dabei war er ruhig und entschlossen. »Deinen alten Freund aus der Grundschule. Ich hatte einen Auftritt in der Nähe seiner Wohnung, da dachte ich, dass es interessant wär, ihn zu treffen.«
Ihm fiel auf, wie geziert der Satz klang, ungelenk, als versuche er, einen komplizierten Sachverhalt in möglichst einfache Worte zu kleiden.
Hatte er jemals gedacht, etwas sei interessant? Aki Polder war für ihn schon in der Schule das Gegenteil eines interessanten Menschen gewesen. Niemand hatte je an Aki Interesse gezeigt, außer der kleinen rothaarigen Milka-Ilka, die ihn dann jeden Tag im Krankenhaus besuchte und bemitleidete, weil er so unglücklich vom Baum gestürzt war.
Er sah die Frau an, die neben ihm am Küchentisch saß.
Ihre Haare waren nicht mehr rot, sondern braun, das war ihm bisher nicht aufgefallen. Ob die neue Farbe ihm besser gefiel, wusste er noch nicht, sie veränderte Ilka jedenfalls nicht, fand er. Ihre Erscheinung blieb so blass wie immer. Außerdem war seine Zuneigung unabhängig von Ilkas Haarfarbe.
»Er hat sich sehr gefreut.« Das klang nicht weniger ge-

stelzt, fand er. »Wir haben uns über die alten Zeiten unterhalten, und über die neuen. Er hat mir sogar ein Bier angeboten, das war freundlich. Wir haben auch über dich gesprochen. Er hat sich nach dir erkundigt, ich sagte ihm, wir hätten uns zufällig auf der Straße getroffen. Natürlich habe ich kein Wort darüber verloren, dass du bei mir bist. Unsere Begegnung ist einen Monat her, oder länger. Es geht ihm gut, was er genau macht, weiß ich nicht, er ist zurückhaltend, und ich wollt nicht aufdringlich sein. Wollt nur mal Hallo sagen. Er war überrascht, das ist klar. Blass ist er, fast wie du. Wir haben verabredet, dass wir in Kontakt bleiben, lose, ohne Verpflichtungen. Du fragst dich wahrscheinlich, warum ich dir erst jetzt davon erzähl. Die Frage ist berechtigt. Ich hielt's nicht für wichtig. Auch nicht für interessant genug. War ja nur ein Blitzbesuch. Ich soll dich von Aki grüßen, sagt er, falls wir uns noch mal sehen sollten. Verschlossener Typ, der Aki.«
»Er heißt nicht Aki«, sagte Ilka, ohne jede Betonung. »Er heißt Gregor. Niemand hat ihn Aki genannt, nur du.«
Sie faltete die Zeitung zusammen, strich mit der Faust über die oberste Seite, als wollte sie sie glätten, und schob die Zeitung zum Tischrand, neben ihr Handy. Sie setzte sich aufrecht hin, legte den Kopf schief, schwieg eine Zeitlang und sah Zeisig in die Augen. »Warum hast du das damals getan?« Ihre Stimme verriet wieder nicht die geringste Aufregung. »Warum hast du den Gregor vom Baum geschmissen wie ein Stück Holz? Jemanden von einem Baum schubsen, so was machen nur Arschlöcher.«

Etwa zehn Minuten später, als es bereits um etwas ganz anderes ging, dachte Zeisig, sein über die Jahre vorgeglühter Zorn sei nicht wegen des Wortes explodiert. Was ihn dazu brachte, Ilka mit beiden Händen vom Stuhl zu stoßen, sich über sie zu knien und so lange zu ohrfeigen, bis sie stumm und zitternd dalag und aus der Nase blutete, war die Sanftmut in ihrer Stimme, das beinahe lieblich klingende Wort »Arschlöcher«. Als wären damit sehr fremde, sehr andere Wesen gemeint, in einer früheren Zeit in einem unbekannten Land.
Und nicht er. Und nicht er. Und sonst niemand.
Danach erhob er sich, schaute auf ihren zuckenden Körper hinunter, sah das Blut unter ihrer Nase und auf den Lippen, die kalkweiße Haut ihrer Arme, die aus dem ärmellosen schwarzen Hemd ragten, das er ihr geliehen hatte, die verkrümmt daliegenden Beine in der Bluejeans, die nackten Füße mit den rosa lackierten Nägeln, die auf dem Fußboden flatternden Finger.
Das alles sah er, und die Bilder brannten sich in seinen Kopf. Im Gegensatz zu ihr war er vollkommen reglos.
Sie schlug die Augen auf und starrte zu ihm hoch. Er trat einen Schritt beiseite, steckte seine von den Schlägen brennenden Hände in die Hosentaschen.
Ilka kippte zur Seite, stützte die Hände auf den Boden, schob den Hintern in die Höhe, kam auf die Knie, sackte zusammen. Blut und Rotz klebten auf ihrem Hemd. Sie schniefte und schluchzte. Aber sie blieb nicht liegen. Sie hatte die Kraft, zur Spüle zu kriechen, vorbei an den grünen Hosenbeinen des Mannes.

Sie streckte beide Arme aus, hinauf zur Anrichte. Sie klammerte sich an die Kante und zog sich in die Höhe.
Im Stehen schwankte sie. In ihrem Kopf hallte das unaufhörliche Patschen wider. Die Stelle am Hinterkopf, mit der sie auf dem Boden aufgeschlagen war, pulsierte und schien nach innen zu wachsen.
Sie drehte den Kopf.
Der Mann gaffte sie an. Sie kannte diese Art des Schauens, sie kannte es gut und hatte es fast vergessen gehabt. Das war ein vertrauter Anblick, und sie lächelte, obwohl sie es verhindern wollte.
In den Augen des Mannes passierte eine Veränderung. Da war ein Staunen, eine Unsicherheit. Auch diese Reaktion kannte sie, auch wenn sie geschworen hätte, sie nie wieder erleben zu müssen.
Für Bertold Zeisig hatte Ilka eine Schwelle überschritten, wofür sie bis an ihr Lebensende büßen müsste. Auf welche Weise, das würde er noch entscheiden. Er hatte Zeit. Von jetzt an spielte Zeit keine Rolle mehr. Mit ihrem Verhalten hatte Ilka die Zeit aus den Angeln gehoben.
Und wenn sie weiter dastand und ihn anglotzte, als hätte sie ein Recht dazu, würde er gleich wieder handeln müssen. Alles veränderte sich, dachte er, von Grund auf und für alle Zeit.
Er war so sehr in sein Denken verstrickt – etwa so, wie seine Zuschauer in die Vorstellung vom magischen Verschwinden eines roten Gummiballs verstrickt waren –, dass er kaum wahrnahm, wie mühelos Ilka sein Leben mit dem Obstmesser veränderte.

10
»Warum«, fragte Süden zum letzten Mal, »darf ich nicht zu Ihnen kommen?«

Der Mann am anderen Ende hustete, länger, lauter als bisher, und als er wieder sprechen konnte, klang seine Stimme brüchig. »Sie wissen doch jetzt alles, mehr weiß ich nicht über den Zeiserl, und den Namen will ich eh nie mehr hören.«

»Ich will gar nicht mehr von Ihnen erfahren, ich will wissen, wovor Sie Angst haben.«

»Vor den Leuten«, sagte Gregor Polder. »Nicht dass ich glaub, sie tun mir was, ich halt nur ihre Nähe nicht aus. Verstehen Sie das?«

»Ja.«

»Wirklich?«

»Aber Zeisig haben Sie reingelassen. Weil er Sie überrumpelt hat.«

»Schrecklich. Ich seh ihn noch heut dasitzen, auf der Terrasse, wie ein Einbrecher. Wieso hab ich den nicht rausgeschmissen? Das verzeih ich mir nicht. Ich mag niemanden mehr sehen, ich leb hier im Haus, tipp meine Geschichten und schick sie weg und krieg Geld, und kurz vor Ladenschluss geh ich einkaufen und sag zu allen bitte und danke und sperr die Tür hinter mir ab und bin für mich. Ich hab auch niemandem was zu sagen, zuhören geht noch, aber selber sprechen fällt mir immer schwerer. Vielleicht bin ich nicht mehr ganz dicht im Kopf. Ist mir gleich. Ich belästige niemanden mit meinem

Leben, und ich will auch nicht belästigt werden. Ist das zu viel verlangt von der Menschheit?«

Das Handy am Ohr, legte Süden einen Geldschein auf den Tisch. Die Bedienung wollte ihm das Wechselgeld geben, aber er schüttelte den Kopf. Auch der Kitzbühel-Fanatiker drei Tische weiter bezahlte, hektisch, das zusammengeklappte Handy in der Hand, und eilte nach draußen, wo der Regen stärker geworden war.

»Sollte Ilka sich bei Ihnen melden, sagen Sie mir Bescheid.«

»Wieso sollte die sich melden?«

»Vergessen Sie nicht, mich anzurufen«, sagte Süden.

»Tut mir leid, dass ich Ihnen nicht helfen konnte.«

»Sie haben mir geholfen.«

Vor der Tür schlug Süden der Regen ins Gesicht. Innerhalb weniger Stunden war die Temperatur um mindestens fünf Grad gesunken, das Sommerlicht staubgrau geworden. Die Autos fuhren mit eingeschalteten Scheinwerfern, die Passanten stemmten ihre Schirme gegen den Wind.

Süden rannte über die Straße zur Verkehrsinsel mit dem Wartehäuschen, in dem kein Platz mehr frei war.

Auf der Fahrt mit der Tram in Richtung Zentrum, umzingelt von trübseligen Gesichtern und Blicken grauer als Regenwolken, überlegte er, ob er für eine Computerrecherche in der Detektei am Sendlinger-Tor-Platz aussteigen sollte. Dann entschied er, bis zur Endhaltestelle zu fahren und zu Hause die Kleidung zu wechseln, die eine Jeans gegen eine andere, das weiße Hemd gegen ein anderes weißes zu tauschen.

Am Stachus drängten noch mehr Leute in die Straßenbahn. Manche sahen ihn an, als wäre er ein Raubritter, der sich ihren geheiligten Sitzplatz unter den Nagel gerissen hatte, oder als wäre er Petrus oder der stierhörnige Ba'al, deren Wettergeschäfte aus unverständlichen Gründen völlig aus dem Ruder gelaufen waren.
Bis er schließlich die Scharfreiterstraße erreichte, floss das Wasser aus seinen Schuhen.
Er duschte, kochte Kaffee, rief in der Detektei an und bat seine Chefin, eine Adresse zu ermitteln.
»Schlechte Nachrichten«, sagte Edith Liebergesell eine halbe Stunde später am Telefon. »Ein Bertold Zeisig ist in München nicht gemeldet, auch nicht im Landkreis München. Ich hab eine Handvoll Kreisstädte in der Umgebung abtelefoniert, kein Treffer. Entweder er wohnt tatsächlich nicht hier oder anonym. Warum sollte er das tun? Er ist Freiberufler, er braucht Aufträge, er muss erreichbar sein.«
»Außerdem tauchte er mehrmals nachts vor der Kneipe Charly's Tante auf«, sagte Süden. »Und er besuchte seinen Schulfreund Polder.«
»Und er hat dich nachts aus dem Schlaf aufgeschreckt.«
»Er muss eine Wohnung in der Stadt haben. Hast du bei Google nachgesehen?«
»Ob ich bei Google nachgesehen habe?« Sie zündete sich eine Zigarette an und inhalierte hörbar. »Was ist das denn für eine Frage? Kauf du dir erst mal einen Laptop, bevor du über so was sprichst. Natürlich hab ich bei Google nachgesehen, sogar bei Facebook, falls du weißt,

was ich meine. Die Namen Bertold und Zeisig existieren in dieser Kombination nicht, es gibt einen Georg Zeisig, einen Hans-Dieter Zeisig, alle nicht in der Gegend, der eine in Mecklenburg-Vorpommern, der andere in der Nähe von Oldenburg. Übrigens habe ich in München eine Familie Zeisig ausfindig gemacht und auch dort angerufen, einen Zauberer haben die nicht in ihren Reihen. Der Mann ist ein Phantom.«
»Er hat sich unsichtbar gemacht«, sagte Süden. »Er hat sich weggezaubert, und Ilka womöglich auch.«
»Hast du deine Freundin bei der Polizei angerufen? Wir müssen wissen, ob sich auf das Foto in der Zeitung Leute gemeldet haben.«
»Das mache ich gleich.« Er trank seinen Kaffee, der wie immer kalt geworden war, und schwieg. Der Regen prasselte auf den Balkon – ein Geräusch, dem Süden gern zuhörte.
»Was ist mit der Mutter?«, fragte Edith Liebergesell.
»Zu der fahre ich später.«
»Und die Wirtin verbirgt auch was.«
Süden sagte: »Die liegen alle auf meinem Weg.«
»Auf geht's!«
Den Anruf bei Hauptkommissarin Birgit Hesse sparte er sich vorerst. Sie würde ihm nichts sagen. Falls Zeugen neue Informationen lieferten, würde sie schnellstmöglich ihre eigenen Ermittlungen voranbringen wollen. An ihrer Stelle hätte Süden sich nicht anders verhalten.
Dann siegte sein kriminalistischer Urwille. »Ich bin's«, sagte er ins Handy.

»Auf deinen Anruf hab ich schon gewartet. Keine Neuigkeiten für dich, Süden.«

»Nur welche für dich.«

»Nein.«

»Niemand hat die Frau auf dem Foto wiedererkannt.«

»Doch«, sagte Birgit Hesse. »Aber niemand weiß, wo sie sein könnte.«

»Niemand hat sie ...« Er blätterte in seinem Notizblock. »... nach dem ersten Juni gesehen?«

»Nein.«

»Du lügst.«

»Ich lüge doch keinen ehemaligen Kollegen an.«

»Mich schon.«

»Wir machen unsere Arbeit ...«

»Und ich mache meine. Wir sollten unsere Informationen austauschen und dann entscheiden, wie wir weitermachen, du mit deiner Arbeit, ich mit meiner.«

»Hast du neue Informationen für mich, Süden?«

»Nein.«

»Klingt, als würdest du schwindeln.«

»Ich würde niemals eine ehemalige Kollegin anschwindeln.«

»Wirklich nicht?«

»Niemals.« Süden ging in seinem Wohnzimmer auf und ab.

»Der Hinweis, den wir bekommen haben«, sagte Birgit Hesse, machte eine Pause und senkte die Stimme. »Ich glaub nicht, dass der uns weiterbringt, aber zwei Kollegen sind jetzt trotzdem vor Ort und schauen sich um.«

Süden schwieg, wechselte das Telefon ans linke Ohr. Aus stumpfer Gewohnheit, der er seit zwei Tagen unbemerkt verfallen war, hatte er vom Handy aus im Kommissariat 14 angerufen anstatt vom Festnetz.

»Ich spreche vom Tierpark«, sagte die Kommissarin. »Ein Zeuge will die Frau vor zwei Tagen in Hellabrunn gesehen haben. Ich mach mir keine großen Hoffnungen.«

»Am Sonntag im Zoo«, sagte Süden. »Trotz des schlechten Wetters waren bestimmt mehrere hundert Besucher dort. Vor welchem Gehege will der Zeuge Ilka gesehen haben?«

»Bei den Pinguinen.«

»Warum fiel sie ihm auf?«

»Er sagt, sie habe mit den Pinguinen hinter der Glasscheibe geredet, oder mit sich selbst, das war ihm nicht ganz klar. Jedenfalls wurde seine kleine Tochter auf die Frau aufmerksam und somit er auch.«

»Was hatte sie an?«

»Du darfst mich nicht aushorchen. Mehr kann ich dir nicht sagen. Was hast du mir zu bieten? Einen Namen?«

»Nein.«

»Der Zeuge kann sich nicht genau erinnern, sie trug wohl einen Mantel und eine Schildmütze, du weißt schon, mit einem Schild vorn.«

»Ich weiß«, sagte Süden. »Und auf dem Schild stand: Sucht mich nicht: Ilka.«

»Was ist mit dem Namen? Welche Spur verfolgst du?«

»Ich spreche mit Leuten, wie mit dir. Warum glaubst du, dass die Tierpark-Spur nichts bringt?«

»Aus dem Grund, den du genannt hast: zu viele Leute, und er hat die Frau nur kurz gesehen, flüchtig, er war abgelenkt von seiner Tochter.«
»Trotzdem hat er bei euch angerufen.«
»Das heißt nichts. Jetzt rück mit deinem Namen raus.«
»Süden«, sagte er. Dann: »Ich bin mir noch nicht sicher.« Das Lügen fiel ihm ein wenig schwer. »Heute Abend weiß ich vielleicht mehr. Wir könnten uns auf ein Bier treffen.«
»Sag mir den Namen.«
»Heute Abend. Ich muss noch Gespräche führen.«
»Du sprichst bereits mit mir.«
»Um acht im Augustiner in der Neuhauser Straße.«
»Du willst mich austricksen«, sagte die Kommissarin. »Das mag ich nicht.«
»Ich trickse dich nicht aus. Bis heut Abend.«
»Da kannst du lange warten.«
»Ich warte.«
Sie beendeten das Gespräch. Süden zog endlich seine frischen, trockenen Sachen an, nahm seinen alten moosgrünen Regenschirm von der Garderobe und machte sich auf den Weg zur Tram-Haltestelle.
Wie immer, wenn er einen Schirm dabeihatte, hörte es schlagartig auf zu regnen.

Für den Kreuzworträtsel lösenden Wirt bedeutete das Auftauchen des Detektivs keine Unterbrechung seiner Ruhetagstätigkeit. Diese bestand nicht nur im akkuraten Ausfüllen quadratischer Kästchen, sondern vor allem,

dachte Süden, im absoluten Ignorieren der Umwelt. Weder das Öffnen und Schließen der Wohnzimmerschranktür durch seine Frau noch deren Hinweis auf Südens Anwesenheit, geschweige denn Südens Begrüßung veranlassten Dieter Nickl zu einer Reaktion, die über das Dirigieren seines blauen Kugelschreibers hinausging.
»Setzen wir uns in die Küche«, sagte Charlotte Nickl, die eine bunte Schürze und darunter ein erdbeerfarbenes Hauskleid trug. Sie hatte ihre Haare hochgesteckt und machte einen munteren Eindruck.
Wie die Möbel im Wohnzimmer war auch die Kücheneinrichtung in dunklem Braun gehalten, der Steinboden glänzte nicht weniger als die Kacheln an der Wand. Auf dem Herd standen zwei Töpfe, und es roch nach würziger Suppe.
Von einem Bertold Zeisig hatte die Wirtsfrau noch nie etwas gehört. »Ich kenn Ilkas Freunde nicht«, sagte sie. »Ich weiß gar nicht, ob sie welche hat.«
»Das weiß ich auch nicht«, sagte Süden. »Sie haben in letzter Zeit kaum mehr mit ihr gesprochen.«
»Wer sagt das?«
»Sie haben das gesagt, am Sonntag im Lokal.«
»Tatsächlich?« Sie trank einen Schluck Brombeersaftschorle. Sie hatte auch Süden ein Glas angeboten, aber er hatte abgelehnt. Obst in flüssiger oder fester Form zählte nicht zu seinen geschätzten Lebensmitteln, was nicht bedeutete, dass er grundsätzlich einen Obstler ablehnte.
»Meinungsverschiedenheiten kommen immer wieder vor.«

»Bei welchem Thema hatten sie verschiedene Meinungen?«, sagte Süden.
»Dies und das.«
»Sie bezahlen mich dafür, dass ich solche Fragen stelle, Frau Nickl«, sagte Süden. »Jeder Hinweis kann helfen, Ilka wiederzufinden. Das hat Ihnen die Polizei auch erklärt.«
»Bisher merk ich aber nichts davon, dass unsere Hinweise was helfen.«
»Warum wollen Sie eigentlich, dass Ilka Senner wiederkommt?«
»Was ist das für eine Frage? Warum wir wollen, dass sie wiederkommt? Warum?«
»Warum, Frau Nickl?«
»Warum?«, sagte sie laut. Sie sah zur Tür, als tauche dort hilfreich ihr Mann auf, gesegnet mit der Gabe der alles vernichtenden Antwort.
Im Flur blieb es still. Anscheinend war ihre Stimme bis ins Wohnzimmer nicht vorgedrungen, oder in einen der Gehörgänge ihres Mannes.
»Unverschämtheit, so eine Frage.«
»Beantworten Sie sie.«
Sie trank wieder einen Schluck, wischte sich beide Hände an der Schürze ab, legte sie auf den Tisch. Dann beugte sie sich, wie verschwörerisch, näher zu Süden vor. »Sie soll das Lokal fortführen, darum geht's, das wissen Sie doch. Mein Mann und ich wollen Ilka als Nachfolgerin. Sie ist die Beste. Sie kennt das Geschäft, sie kennt die Leute, sie hat alles im Griff. Und die Brau-

erei vertraut ihr auch. Ilka ist ein Glücksfall für eine Gastronomie wie die unsrige. Die Ilka lässt sich nicht aus der Ruhe bringen, die weiß jeden Gast so zu nehmen, wie er ist, und behält immer die Übersicht. Sie trinkt mit ihnen, aber sie weiß genau, wann sie aufhören muss. Sie ist die perfekte Wirtin. Deswegen muss sie wiederkommen, und zwar schnell, bevor uns die Brauerei jemand anderen vor die Nase setzt.«
»Warum ist sie dann einfach weggegangen?«
Charlotte Nickl zuckte mit der Schulter.
Süden sagte: »Sie tut sich schwer beim Schreiben und Lesen, sie hat Probleme mit der Rechtschreibung.«
»Und wie!« Charlotte Nickl schüttelte den Kopf, lehnte sich zurück, schüttelte noch einmal den Kopf. »Ich hab auf sie eingeredet wie auf einen sturen Esel. Ich hab ihr gesagt, wenn sie sich keine Mühe gibt und die Brauerei mitkriegt, was mit ihr los ist, fliegt sie raus. Das bringen die fertig.«
Sie beugte sich wieder über den Tisch. »Die hat doch schon zwischendurch die Geschäfte übernommen. Wenn mein Mann und ich mal eine Woche oder zehn Tage an den Gardasee gefahren sind, da war sie verantwortlich, ganz allein. Und sie musste Rechnungen ausfüllen und unterschreiben, sie hatte unsere ausdrückliche Genehmigung. Begreifen Sie das?
Das haben wir doch selbst jahrelang nicht mitgekriegt, dass die Ilka ... dass die praktisch eine halbe Analphabetin ist. Haben Sie die mal die Zeitung lesen sehen? So, mit dem Finger jede Zeile entlang. Als ich das zum ers-

ten Mal gesehen hab, war mir sofort alles klar. Ich hab mit ihr unter vier Augen geredet, von Frau zu Frau. Sie hat gesagt, sie macht einen Kurs, ich hab ihr geglaubt. Hab dann auch nicht mehr dran gedacht. Irgendwann hab ich sie wieder erwischt, und sie? Sie sagt, sie hätt ihre Brille daheim vergessen, deswegen kann sie grad so schlecht lesen. Oder sie sagt, sie hätt sich die Hand verstaucht, wenn sie was unterschreiben sollt, irgendeine belanglose Rechnung aus dem Geschäft. Also hab ich wieder mit ihr geredet, und sie sagt wieder, sie geht in einen Kurs bei der Volkshochschule. Hab's ihr geglaubt. Sie war nie da, alles Ausreden.
Aber als Bedienung und hinterm Tresen war sie super, bis heute. Sie gehört zum Lokal wie der Stammtisch, sie ist eine von uns, seit fast zwanzig Jahren. Das ist doch klar, dass wir nach ihr suchen, wenn sie auf einmal verschwunden ist. Wir machen uns alle riesige Sorgen.«
»Als Kellnerin musste sie Speisekarten und Preise lesen.«
»Die Ilka kann alles auswendig, alle Preise, alle Speisen, die hat sich nie eine einzige Bestellung aufgeschrieben. Jetzt ist mir klar, wieso.«
»Ihr Mann weiß nichts davon.«
»Niemand weiß was davon«, sagte Charlotte Nickl. Ein Schatten Traurigkeit zog über ihr helles Gesicht. »Ich hab so auf sie eingeredet, und sie wurde immer sturer. Sie hat das alles immer noch verbergen wollen, auch vor mir, obwohl ich ihr doch gesagt hab, dass ich sie durchschaut hätt und sie mir nichts mehr vorzuspielen braucht. Sie

hat trotzdem was vorgespielt, mir und allen anderen. Wir haben gestritten, das war schlimm. Noch an dem Montag, bevor sie verschwunden ist, hab ich sie zur Rede gestellt und ihr gedroht, dass ich sie auffliegen lass, wenn sie nicht verspricht, ordentlich lesen und schreiben zu lernen. So schwer ist das nicht, wenn man sich Mühe gibt. Das kann man auch als Erwachsener noch lernen, das schaffen ja auch viele.«
Erschöpft stützte sie den Kopf in die Hände und sah Süden mutlos an. »Wahrscheinlich bin ich schuld, dass alles so gekommen ist. Ich hätt sie in Ruhe lassen sollen. Wissen Sie, sie ist nicht dumm, sie kann halt nur nicht ... Sie hätt das vielleicht auch so geschafft, das Geschäft und alles ... Ich hätt sie nicht so anschreien dürfen. Aber ich war so wütend, so enttäuscht auch, so ... Es ist so.«
Sie nahm die Hände vom Gesicht, wischte sie wieder an der Schürze ab. »Was mich angeht, ich bin froh, dass wir bald raus sind. Ich mag nicht mehr, sechs Tage jede Woche, gelegentlich mal ein paar Tage am Gardasee, das macht mich kaputt. Und die Gäste werden auch immer älter und saufen noch mehr und reden immer das Gleiche. Meistens ist es wunderbar, wenn alle da sind, und jeder hat seine Geschichte, und wir stoßen alle an und gehören irgendwie zusammen. Aber manchmal ist es bloß noch trostlos, und ich hör, was sie reden und wie sie reden, und ich schau ihnen zu, wie sie immer betrunkener werden. Dann möcht ich hingehen, ihnen das Glas wegnehmen und sagen: Jetzt ist Schluss, jetzt mach noch was aus deinem Restleben, geh mal raus, streng

dich an, ein richtiges Mitglied der Gesellschaft zu sein, such dir einen Job, verdien wieder Geld, lieg nicht uns allen auf der Tasche. Solche Sachen.
Wenn Sie als Wirtin anfangen, so zu denken, sind Sie am Ende, das steht fest. Meine Eltern haben ein Haus in Bad Endorf, das hab ich Ihnen schon erzählt, glaub ich, da ist eine Menge Platz, da können wir in Ruhe leben, mein Mann und ich, wir haben unser Auskommen. Und wenn wir wüssten, dass die Ilka unser Lokal weiterführt, würd es uns noch bessergehen. Das ist die Wahrheit, Herr Süden. Und? Sind Sie jetzt einen Schritt weiter?«
»Unbedingt«, sagte er.
Immerhin kannte er nun den Grund, warum Ilka vermutlich untergetaucht war – aus Angst vor der Verantwortung, vor der Enttarnung, vor der Schmach, vor den Fingern, die auf sie gerichtet wären, wenn herauskäme, dass sie eine Analphabetin war. Pure Panik hatte sie veranlasst, von einem Tag auf den anderen abzutauchen und sich allen Aufgaben zu entziehen. Sie wusste, von nun an würde jeder von ihr denken, sie sei eine Lügnerin und Täuscherin, ihre Stammgäste würden hinter ihrem Rücken schlecht über sie reden und sie auslachen. Sie würden glauben, sie wäre auf der Sonderschule gewesen, die heute Förderschule hieß, aber in den Köpfen der Leute immer noch eine Hilfsschule war wie früher. Von einem Moment auf den anderen wäre ihr Leben nichts mehr wert, niemand würde sie mehr ernst nehmen. Jeder würde sie anstarren wie eine Aussätzige.
So beschloss sie, sich selbst auszusetzen, dachte Süden,

und niemandem die Chance zu geben, sie zu demütigen. Aber wo hatte Ilka sich ausgesetzt? In welcher Umgebung, wenn sie keine Freunde hatte und sich keinem Menschen anvertraute? Nicht einmal ihrer Schwester. Nicht einmal ihrer Mutter. Nicht einmal ihrer besten Freundin Margit.

Süden hatte keinen Zweifel mehr. Trotz ihrer tiefen innerlichen Zurückgezogenheit gegenüber den Leuten, trotz ihres einsamen Lebens und ihrer Furcht vor Zurückweisung hatte sie bei einem Mann Zuflucht gesucht, der womöglich zufällig ihren Weg gekreuzt hatte und ihr gleichgültig genug war, um ihn um einen aufregenden Gefallen zu bitten.

Bertold Zeisig.

»Denken Sie noch einmal nach«, sagte Süden. »Vielleicht haben Sie den Namen doch schon einmal gehört. Zeisig, Bertold.«

Er hörte das Geräusch schlurfender Hausschuhe hinter sich und drehte sich um. Mit einer Zigarette in der Hand tauchte Dieter Nickl in der Küchentür auf.

»Zeisig«, sagte der Wirt. »Der besoffene Copperfield? Was ist mit dem?«

11

Mit einer Aura von Gemütlichkeit schlurfte Nickl zum Kühlschrank, öffnete ihn, schaute hinein, verharrte, als überwältige ihn ein grundsätzliches Staunen über die verborgenen Dinge des Universums. Dann nahm er eine Flasche Bier heraus, schloss den Kühlschrank mit der Hand, in der er die Zigarette hielt, steckte sie sich in den Mund, nahm den Öffner vom Haken über der Spüle und riss den Deckel ab. Dieser blieb auf der Anrichte liegen, eine magische Hand würde ihn entsorgen.

Nickl holte ein Glas aus dem Hängeschrank, hielt die Flasche schräg und ließ das Bier ins Glas laufen, bis zur Vollendung der Krone. Er stellte die Flasche auf die Anrichte, betrachtete das Glas, hob es vage in Richtung seiner Zuschauer und nahm einen Schluck, der eine Weile nicht endete.

In seiner grauen Cordhose und dem hellbraunen, leicht verblassten Pullover, den kariert gemusterten Pantoffeln, gut rasiert und wie frisch vom Friseur, wirkte der Wirt fundamental entspannt. Wie eine Werbe-Ikone der Berufsgenossenschaft, die beweisen wollte, wie notwendig ein Ruhetag für die seelische und mentale Gesundheit eines Wirts sei.

Auf dem Küchentisch stand ein Aschenbecher, und er benutzte ihn. »Also was ist mit dem Typen? Und was ist mit der Ilka?«

Nickl warf Süden einen Blick zu, bevor er wieder einen Schluck trank und rauchte.

»Sie kennen den Mann«, sagte Süden. Er siezte den Mann, obwohl sie in der Kneipe schon per du gewesen waren.

»Ich kenn den nicht, er war mal da, hat unsere Rotweinreste weggetrunken, praktisch.«

»Wann war er da?«

»Glaubst du, so was schreib ich mir auf?«

»Sei nicht pampig, Dieda«, sagte Charlotte Nickl.

»Das sind Fragen«, sagte Nickl und drückte, immer noch im Stehen, die Zigarette im Aschenbecher aus. »Wann war der da? Vor zwei Wochen oder so.«

Süden schwieg vor Verblüffung.

»Was ist? Hab ich recht oder du? Hab ich mit dem geredet oder du? Du brauchst nicht so zu schauen, als würd ich hier Lügen erzählen. Verstanden?«

»Vor zwei Wochen ...«

»Ungefähr.«

»... Ungefähr vor zwei Wochen war dieser Mann in deinem Lokal«, sagte Süden. »Und er hat sich vorgestellt.«

»Was hat er?« Nickl sah seine Frau an. In seinem Blick lag eine gewisse Verständnislosigkeit, womöglich auch ein erster aufkeimender Zweifel, ob Süden das Geld wert sei, das sie ihm zugeschoben hatten.

»Ich verstehe das nicht«, sagte Süden.

»So siehst du aus.«

»Ich war da aber nicht da«, sagte Charlotte. Sie nahm ihrem Mann das Bierglas aus der Hand und trank es leer. Es sah aus wie ein Zeichen altbewährter ehelicher Zweisamkeit.

»Weiß ich nicht mehr«, sagte Nickl. »Das war mittags rum. Was gibt's da nicht zu verstehen, Süden?«

»Woher weißt du seinen Namen, wenn er sich nicht vorgestellt hat?«

»Er hat mir seine Visitenkarte gegeben.«

Zum zweiten Mal innerhalb kürzester Zeit, vermutete Süden, schaute er drein wie ein Weihnachtsmann, der ein dreibeiniges Rentier geliefert bekam.

Die Wirtsleute warteten geduldig ab, bis er in ihre Gegenwart zurückkehrte.

»Hast du die Visitenkarte noch?«, fragte er und ahnte im selben Moment die Antwort.

»Hätt ich mir die einrahmen sollen?«

Ja, dachte Süden und sagte: »Du hast sie weggeworfen.«

»Der Detektiv, der niemals schlief. Gut kombiniert.«

»Was stand drauf?«

»Zeiserl, Zauberer. Und eine Telefonnummer. Magst noch ein Glaserl?« Er meinte seine Frau.

Sie nickte. Er ging zum Kühlschrank, und Charlotte sagte: »Und was hat dieser Zauberer jetzt mit Ilka zu tun? Kennen die sich?«

»Ja«, sagte Süden. »Zeisig ist vermutlich der Mann, der manchmal nachts vor euerm Lokal herumgeschlichen ist.«

»Der ist das!«

Süden wandte sich an Nickl. »Hast du mit Zeisig über Ilka gesprochen?«

»Selbstverständlich.« Seine Laune schien immer besser zu werden. »Die ganze Zeit. Er hat mich gefragt, wo die Bedienung ist, die sonst immer hier arbeitet, und ich hab ihm gesagt, sie ist verschwunden, die Polizei würd nach ihr suchen. Er wollt wissen, wieso sie verschwunden ist, da hab ich ihm gesagt, das weiß kein Mensch.«

Er hielt seiner Frau das Glas mit dem frisch eingeschenkten Bier hin. Sie nahm es und trank den Schaum ab, schlürfte und tupfte sich mit einem Schürzenzipfel den Mund ab.

»Kannst du den Mann beschreiben?«

»Unauffällig«, sagte der Wirt. »Normal. Eher breit als dünn. Wie gesagt, er hat die Flasche Rotwein leer getrunken, die noch da war, zum Schluss einen Willi.«

»Warum«, fragte Süden, »hat er dir seine Visitenkarte gegeben?«

»Er meinte, wenn ich mal einen besonderen Abend veranstalten möcht, er wär Zauberer. Hab ich gesagt, er soll mal was zaubern, da hat er zwei rote Bälle aus der Tasche gezogen und die verschwinden lassen. War schon nicht schlecht. Er hatte auch Tricks mit Zigaretten drauf.«

»Davon hast du mir nichts erzählt«, sagte Charlotte.

»Der ist raus, und ich hab's vergessen.«

Vielleicht, dachte Süden, war *ein* Ruhetag für diesen Wirt zu wenig.

»Und die Visitenkarte hast du weggeworfen.«

»Was denn sonst?«

»Auf der Karte stand eine Telefonnummer«, sagte Süden. »Hast du noch irgendwelche Ziffern im Kopf?«

»Wenn du weißt, wie der Typ heißt, ruf die Auskunft an.«

»Er ist nicht eingetragen«, sagte Süden.

»Ich versteh immer noch nicht, was genau die Ilka mit

dem zu tun hat.« Charlotte trank und gab ihrem Mann das Glas zurück, der es leerte, damit das erledigt war.
Süden stand auf. »Der Mann ist ein wichtiger Zeuge.« Er gab den beiden die Hand und ging in den Flur. Als Charlotte die Wohnungstür öffnete, sagte Dieter Nickl von der Küche aus: »Hundertfünfzig Euro verlangt er für so eine Show. Ein Klavier kostet extra. Wenn du ihn findst, frag ihn, ob er die Ilka nicht einfach herzaubern kann.«
Von den Nickls in der St.-Martin-Straße bis zur Wohnung von Ilkas Mutter waren es höchstens zehn Minuten. Vorher brauchte Süden ein Vorabendbier.
Er kehrte im »Anton's« an der Ecke Wendelsteinstraße ein. Bei einem Hellen vom Bier der Totengräber versank er in Erinnerungen an die Zeiten, als die Kneipe noch Grünes Eck hieß und ein Treffpunkt für die besten Bluesmusiker der Stadt war. Trotz des Spatenbiers, auf das Südens Organe sofort gestresst reagierten, nahm er sich vor, bei Gelegenheit wiederzukommen. Das in warmen Rottönen gehaltene Lokal mit dem Wirt, der früher das Grüne Eck geführt hatte und ins glorreiche Giesing zurückgekehrt war, vermittelte ihm an diesem abseitigen Juliabend ein Bleibe-Empfinden, von dem er sofort wusste, es würde andauern.
Den Weg zu Lotte Senner hätte er sich anschließend sparen können.

»Sie hat mich an der Tür wie einen lästigen Vertreter abgewiesen«, sagte Süden zu Hauptkommissarin Birgit Hesse in der Augustiner-Gaststätte. »Sie wollte nicht über ihre Tochter reden, sie wollte nichts wissen, sie sagte, die Polizei hätte sie verhört und würde ihr nicht glauben.«

»Das stimmt nicht.«

Sie saßen im Muschelsaal, an einem Tisch in der Ecke, beim Durchgang zur Schwemme. Um sie herum asiatische und amerikanische Touristen, die ihre Fleischportionen fotografierten, Besucher aus Deutschland, die auf der Suche nach einer urigen Atmosphäre waren. An einigen Tischen diskutierten Münchner Geschäftsleute. Kellner und Bedienungen balancierten große Tabletts mit Tellern und Gläsern durch die Gänge.

Süden, Gasthausbewohner von Jugend an, hatte früher hier mit seinem Freund Martin Heuer gesessen. Sie tranken Vollbier, weil sie den Edelstoff überschätzt und klebrig fanden, kramten in Gegenwart dänischer, australischer oder italienischer Besucherinnen in den Vorratskammern ihrer eher kümmerlichen Englischkenntnisse und verbrachten auf diese Weise viele überraschende Abende. Das eine oder andere Mal landete Süden in einem Hotelzimmer, während Heuer weiter allein durch die Nacht zog.

Nach Heuers Tod kam Süden ein paar Mal her, um auf ihn mit sich selbst anzustoßen und unauffällig traurig zu sein.

»Am Ende unseres fünfminütigen Gesprächs«, sagte er, »bezweifelte Ilkas Mutter, dass ich überhaupt Detektiv sei und das Recht habe, sie auszuquetschen. Das war ihr Wort.«

»Wieso bezweifelte sie das?«

»Sie sagt, Detektive gäbe es nur in Büchern und Filmen, das seien reine Hirngespinste.«

Sie hob ihr Weißbierglas. »Zum Wohl, Hirngespinst.«

»Möge es nützen!«

Sie stießen an. »Das ist zu einer Unsitte geworden, dass man bei jedem Schluck mit allen anderen am Tisch anstößt.«

»Wir sind ja nur zu zweit.«

»Das stimmt. Möchtest du nichts essen?«

»Nein. Und du?«

»Nein.«

»Keinen Hunger?«

»Doch«, sagte Süden. »Ich esse noch eine Breze.« Er nahm sich eine aus dem Korb, der auf dem Tisch stand, seine dritte. »Was war im Tierpark? Neue Zeugen?«

»Die Frau im Kiosk beim Affenhaus glaubt, Ilka am Sonntag bedient zu haben«, sagte Birgit Hesse. »Sie ist sich nicht sicher, natürlich. Mehr konnte sie nicht dazu sagen. Außer dass sie glaubt, sich erinnern zu können, dass Ilka Senner eine Cola und ein Eis gekauft hat. An dem Nachmittag war nicht viel los bei ihr am Kiosk.«

»Ilka war also am Nachmittag im Zoo.«

»Wenn sie es war.«

»Das bedeutet«, sagte Süden, »sie wird nicht festgehalten, sie kann sich frei bewegen. War jemand bei ihr?«

»Das wissen wir nicht. An einen Begleiter können sich die beiden Zeugen nicht erinnern. Die Aussagen sind viel zu vage. Jetzt bist du dran, wenn du mit deiner Breze fertig bist.«

Auf dem Weg von Giesing ins Zentrum hatte Süden abgewogen, was er der Kommissarin erzählen wollte. Ob er überhaupt Ilkas Motive erwähnen und nicht besser noch eine Zeitlang auf seine Art weiter recherchieren sollte – auch um sein Honorar zu rechtfertigen und den Auftrag nicht zu verwässern.

Je länger er jetzt darüber nachdachte, desto glaubwürdiger erschienen ihm die Aussagen der Zoobesucher, auch wenn er noch keine überzeugende Erklärung dafür hatte. Das war sein altes Gespür für die Wahrheit mitten im Nebel. Die Zeugen könnten in ihrer Vorstellung das Bild aus der Zeitung mit einer tatsächlichen Begegnung vermischt haben. Das Foto veränderte ihre Wahrnehmung in der Erinnerung, und aus einem zufälligen Blick wurde ein Schnappschuss, den sie für echt hielten.

Auch er, Süden, könnte sich in eine Wunschvorstellung hineingesteigert haben und sich einreden, dass das Auftauchen der verschwundenen Frau genau an dem Tag, an dem er mit seinen Ermittlungen begonnen hatte, einen logischen Zusammenhang mit all den merkwürdigen Puzzleteilen herstellte, die er inzwischen aufgeklaubt hatte und die ihn verwirrten und beunruhigten.

Immerhin hatte ihm die Kommissarin von dem Zeugenanruf berichtet, und somit hatte sie ein Recht auf eine Gegenleistung. Außerdem bezahlte sie ihm sein Bier, wenn auch möglicherweise nur eines.

Er erzählte ihr von Ilkas Analphabetismus, den Aussagen der Wirtsfrau und der Schwester, die beide die

Schreib- und Leseschwächen bestätigt hatten. Er sei überzeugt, dass die Bedienung aus Angst vor dem Angebot der Brauerei, ihr das Lokal »Charly's Tante« zu überschreiben, die Nerven verloren habe und abgehauen sei. Möglicherweise halte sie sich bei einem Mann namens Zeisig versteckt, jenem Mann, der ihn, Süden, in der Nacht in Ilkas Wohnung eingesperrt habe. Einem ehemaligen Schulfreund gegenüber habe Zeisig zugegeben, Ilka vor kurzem getroffen zu haben. Angeblich wolle er sie sogar heiraten.

»Bitte?«, sagte die Kommissarin und bestellte bei der Bedienung, die gerade vorbeikam, noch ein Weißbier und ein Helles. »Er will sie heiraten? Die Frau, die er seit Jahrzehnten nicht gesehen hat? Das klingt nicht gut. Das klingt nach Gewalt und bösen Absichten.«

»Aber Ilka Senner war vor zwei Tagen im Tierpark«, sagte Süden. »Offensichtlich unternahm sie einen Ausflug, und niemand hielt sie an einer Kette fest.« Den Besuch Zeisigs in der Kneipe verschwieg Süden vorerst. Er wollte damit vor allem verhindern, dass die Kripo das Wirtsehepaar aufscheuchte und seine Detektei unter einen Rechtfertigungsdruck geriet, falls seine Auftraggeber anfingen sich zu fragen, was eigentlich Süden in der Angelegenheit unternahm.

Ebenso behielt er den Streit zwischen Charlotte Nickl und Ilka für sich. Seiner Einschätzung nach könnte diese letzte heftige Auseinandersetzung der eigentliche Auslöser für ihr Weggehen gewesen sein.

»Falls die Zeugen sich nicht getäuscht haben«, sagte Bir-

git Hesse. »Falls Ilka wirklich am Sonntag im Zoo war, brauchen wir uns keine Sorgen mehr zu machen. Und wenn dein Motiv zutrifft, dann muss sie selbst die Konsequenzen tragen. Ihre Furcht vor der Enttarnung kann ich gut verstehen, obwohl in Deutschland, glaub ich, ungefähr sieben Millionen Analphabeten leben. Man nennt sie funktionale Analphabeten, sie können die Buchstaben lesen, begreifen aber den Zusammenhang nicht. Das ist ein hartes Schicksal. Warum haben Ilkas Eltern das zugelassen?«
»Ich wollte ihre Mutter danach fragen«, sagte Süden.
»Und was sagt ihre Schwester?«
»Die Kinder mussten zu Hause mitarbeiten, besonders das kleine Mädchen. Die Mutter nahm Ilka aus der Schule, nachdem der Vater gestorben war. Das fiel niemandem auf. Und sie kam damit durch, bis heute.«
»Und jetzt kriegt sie ein tolles Angebot, nämlich eine eigene Kneipe zu führen, und bricht zusammen. Sie wird bald wieder da sein. Sie ist in München, vorausgesetzt, die Zeugen hatten keine Halluzination. Und bald wird sie einsehen, dass sie nicht vor sich selbst davonlaufen kann. Wer weiß, vielleicht zeigt die Brauerei Verständnis, und Ilka geht noch mal in die Schule und übernimmt die Kneipe erst in einem Jahr.«
Die Kommissarin trank einen Schluck Weißbier. »War doch gut, dass wir uns getroffen haben. Ich weiß deine Offenheit zu schätzen. Normalerweise machen wir ganz andere Erfahrungen mit Detektiven.«
Süden trank sein Vollbier, warf der Kommissarin Blicke

zu und verfiel dann in ein Schweigen, das Birgit Hesse nutzte, um auf die Toilette zu gehen.
Immer mehr Gäste verließen die Gaststätte, Koreaner mit Schweinshaxen im Bauch, Japaner angefüllt mit Schnitzeln und Hendln oder Knödeln samt Schweinsbraten. Niemand torkelte, die meisten lachten beim Abschied. Wenn die Tür zur Schwemme aufging, schwappte eine Stimmenwelle herüber.
»Trinken wir noch was?« Die Kommissarin setzte sich wieder und sah Süden an. Er sagte nicht nein, auch später nicht.
Sie wohnte in der Georgenstraße. Schon wieder Schwabing, dachte Süden im Taxi. Danach ließ er das Denken eine Weile sein.
Ihre Wohnung bestand aus drei Zimmern, in einem standen eine antiquarische Kommode und ein Klavier, im zweiten der Fernseher, die Couch und der Esstisch und im dritten das Bett. Ihre Kleidungsstücke lagen verstreut zwischen Wohn- und Schlafzimmer, und als Süden nackt auf den Rücken kippte, hatte er ein mulmiges Gefühl. Er verdrängte es, wie es sich gehörte. Sie küssten sich und bewiesen durchaus geschickte Handgriffe. Nach vierzehn Minuten musste Süden sich eingestehen, dass sein mulmiges Gefühl ihn nicht getäuscht hatte.
Birgit kniete neben ihm. »Das wird schon wieder«, sagte sie.
»Ich bin entsext«, sagte er.
»Du bist entsetzt? Worüber denn?«
»Entsext«, wiederholte er, als würde die Situation damit erträglicher.

»Du bist entsext.« Sie betrachtete sein Geschlechtsteil und die umliegenden Ortschaften. »Wer hat dich entsext, Süden?«

»Vermutlich das Vollbier«, sagte er verzagt.

»Du meinst das Vollbier der vergangenen Jahre.«

Sie brachte es wahrscheinlich auf den Punkt, was er niederschmetternd fand.

»Das wird schon wieder«, sagte sie noch einmal und legte sich neben ihn und ihre Hand auf seinen Bauch.

Als er gegen Morgen wach wurde, stellte er erleichtert fest, dass er nicht der Einzige war, der sich aufrichtete. In der Früh schaffte er es noch einmal, und unter der Dusche, wo die Kommissarin unangekündigt auftauchte, ein drittes Mal.

12

Sie bat den Taxifahrer zu warten und ging vom kiesbedeckten Parkplatz zur Wiese. Das Gras war nass vom Regen. Sie hatte Stiefel an und ihre alten soliden Jeans. Außerdem spielten Dinge wie das Wetter keine Rolle mehr. Nicht mehr viel spielte eine Rolle, dachte Ilka Senner. Jetzt hier zu sein war wichtig, und danach der Rückweg und der eine Schritt.

In diesem Moment verspürte sie eine vage Furcht, und sie beeilte sich, das Grab zu erreichen und an etwas anderes zu denken.

Das klappte nicht. Das Erste, woran sie denken musste, als sie still dastand und die frischen gelben Rosen, die sie bestellt hatte, die blauen Vergissmeinnicht und die lilafarbenen herzförmigen Steine betrachtete, war der Gesichtsausdruck des Mannes, in dessen Bauch sie das Messer gestochen hatte. Ein Starren war das, eine Mischung aus Verblüffung und komplettem Unverständnis.

Er hätte sie nicht schlagen dürfen.

Er hätte sie nicht anlügen dürfen.

Er hätte sie nicht missachten dürfen.

Aber nicht deswegen hatte sie das Messer genommen und zugestochen, dachte sie. Denn das würde bedeuten, dass über die Jahrzehnte ein Plan in ihr existiert hätte, der ihr nicht bewusst gewesen war. Das konnte nicht sein. Sie war sich nicht mehr sicher. Dass der Mann sie vom Stuhl gestoßen und dann verprügelt hatte, war unverzeihlich, und er hatte eine Strafe verdient. Bestraft,

dachte sie beim Anblick des Farbfotos auf dem ovalen Grabstein, hatte sie in ihrem ganzen Leben noch keinen einzigen Menschen. Sie war immer gut zu allen gewesen, nachgiebig, rücksichtsvoll, geschmeidig, unaufdringlich. Noch nie hatte sie jemanden angeschrien oder auch nur aus Verzweiflung gegen die Wand gebrüllt, wenn sie allein war und niemand sie hören konnte. Sie war eine durch und durch lautlose Person.
Auch in der Küche hatte sie keinen besonderen Laut von sich gegeben.
Sie hatte dem Mann eine Frage gestellt und wenig später hatte sie ihm lautlos das Messer in den Bauch gerammt. Noch nie hatte sie gegen jemanden eine Waffe erhoben, auf die Idee kam sie einfach nicht. Warum nicht?, dachte sie und nahm zwei Frauen wahr, die in der Entfernung über die Wiese gingen, die eine mit einem zusammengeklappten roten, die andere mit einem gelben Schirm. Ilka bemerkte nur die Farben der Schirme, die Frauen vergaß sie sofort wieder.
Womöglich, dachte sie, hauste doch eine verkappte Rächerin in ihr.
Hältst du das für möglich, Mimi? Traust du mir so was zu?
Sie traute es sich nicht zu.
Dann verstummte sie für ein paar Minuten in Gedanken, bevor das Karussell von neuem begann. Warum eigentlich nicht?, dachte sie. Als Mädchen, fiel ihr ein, und sie erschrak fast darüber, wollte sie doch Rächerin werden. Mit Pfeil und Bogen, nachts in Schwabing, sie wollte

Türen eintreten und Fenster einschlagen und dem Ersten, der sich ihr in den Weg stellte, einen Pfeil ins Herz schießen. Die Leute sollten Angst vor ihr haben, unbändige, grauenhafte Angst, Tag und Nacht. Niemand würde ihr Gesicht kennen, niemand ihre Spur verfolgen können, denn sie war unsichtbar und schnell und kannte jeden Winkel, jeden Hinterhof, jeden Weg diesseits und jenseits der Schleißheimer Straße.

Mit solchen Phantasien schlief sie jahrelang ein und hatte es beinahe vergessen gehabt.

Sie stand vor dem kleinen blumengeschmückten Grab, an diesem grauen, kühlen Julinachmittag, und in ihrem Kopf explodierte ein Haus. Lautlos, wie alles in ihrem Leben.

Trotzdem hob sie den Kopf, als würde jemand sie anstarren, weil Flammen aus ihr schlügen. Die beiden Frauen am anderen Ende der Wiese zupften Unkraut aus einem Grab und schrubbten den Marmor.

Er hätte sie nicht schlagen dürfen.

Damals, als Mädchen, hatte sie diesen Satz ständig vor sich hergesagt, und natürlich reagierte niemand auf sie und erhörte ihre Bitte. Wie denn? Aus ihrem Mund kam kein Ton. Bloß Blut und Spucke, das reichte nicht, um sich verständlich zu machen, das war normal. Gerecht war das nicht, dachte sie jetzt wie schon vor vierzig Jahren, aber nicht zu ändern. So waren die Gesetze, sie musste sich fügen. Seltsam, ihre Schwester fügte sich nicht, für die galten andere Regeln, schien ihr. Paula hatte sie nie aus dem Mund bluten sehen. Wer weiß, vielleicht blutete sie heimlich.

Ilka überlegte, ob sie ihre Schwester danach fragen sollte. Dann fiel ihr ein, dass sie keine Zeit mehr hatte. Der Tag ging zur Neige und sie mit ihm.

Er hätte sie nicht so behandeln dürfen. Sie war selbst schuld. Sie hätte nicht zu ihm gehen dürfen und sagen wie ein blödes Ding: Kannst du mich wegzaubern, bitte? Warum hab ich das getan, Mimi?

Mimi gab keine Antwort. Auch daran war sie gewöhnt – an die Stummheit um sie herum. Als gäbe es keine Worte und Wörter allüberall, bloß weiße Leerstellen und unverständliche Schriftzeichen.

Und so war es auch. So war es immer gewesen, seit der Schule in der Hiltenspergerstraße, wo sie mit dem drei Jahre älteren Polder Gregor befreundet war, der dann wegzog und sie allein ließ. Zu dieser Zeit ging sie sowieso kaum noch in den Unterricht, sie hatte keine Zeit. Sie hatte nie Zeit. Zeit war was für Müßiggänger, sagte ihre Mutter und schlug ihr ins Gesicht, wenn etwas passiert war, das nicht hätte passieren dürfen. Ihr Vater hatte immer das Handtuch genommen. Das spielte keine Rolle. Am nächsten Tag arbeiteten sie wieder gemeinsam in der Werkstatt, sie polierte die Speichen und Rahmen der Fahrräder und durfte manchmal den Lohn vom Kunden kassieren. Ihr Vater war kein schlechter Mensch, er hatte das Geschäft und die Werkstatt aufgebaut und die Familie ernährt.

Zum Zahnarzt sagte sie, sie sei hingefallen, wieder einmal, weil sie auf ein Fahrrad gestiegen sei, das zu groß für sie war, das kippte dann um und fiel ihr aufs Gesicht.

Das war die Wahrheit, die erzählt werden durfte. Sie erzählte sie dem Dr. Bergener und auch der Frau Irgang in der Schule und dem Polder Gregor auch. Alle kannten dann die Wahrheit, und vielleicht stimmte es ja, und sie hatte nur geträumt, dass ihr Vater ihr mit dem nassen Handtuch ins Gesicht schlug, auf die Augen, auf die Nase, auf den Mund, und nicht eher aufhörte, bis sie am Boden lag und zappelte und am Weinen fast erstickte.
Laut geschrien hatte sie selten, nur am Anfang. Das wusste sie nicht mehr.
Das hatte alles so kommen müssen. Wie der Tod ihres Vaters. Gerade hatte sie noch aus dem Mund geblutet. Im nächsten Moment nur noch Tränen vergossen. Sie stand am Grab, das größer war als das, vor dem sie heute stand, und weinte und schluchzte unaufhörlich, der Rotz lief ihr aus der Nase. Auf dem Friedhof traute sich ihre Mutter nicht, sie deswegen zu bestrafen, erst hinterher, auf der Toilette des Gasthofs, da ohrfeigte sie ihre jüngste Tochter, dass es hallte.
Gerecht war das nicht, dachte Ilka jetzt ebenso wie damals, aber unvermeidlich.
Wenn der Zeiserl nicht eines Nachts vor dem Lokal aufgetaucht wäre, hätte sie ihn wahrscheinlich für immer vergessen gehabt. Nicht vergessen, aber aus ihrem Kopf verbannt. Doch dann stand er da, und sie erkannte ihn sofort, obwohl sie ihn ewig nicht mehr gesehen hatte. Er erzählte ihr, er wäre Zauberer geworden, und das war eine schöne neue Nachricht, über die sie lange nachdachte. Sie gab ihm ihre Telefonnummer, die sonst fast

niemand hatte, was nicht schlimm war, da sowieso nie jemand anrufen würde. Er rief zurück, jeden Tag, was sie fast als Belästigung empfand. Aber sie hatte diese eine Idee, und er sollte ihr helfen, die Idee Wirklichkeit werden zu lassen. Sie war ein dummes Ding gewesen und war es immer noch.

Nicht mehr lange.

Er hätte sie nicht schlagen dürfen.

Er hätte ihr nicht vom Polder Gregor erzählen dürfen, den er Aki nannte, als wäre er einer, der das Recht hatte, Namen zu verteilen. Er hätte den Gregor nicht vom Baum werfen dürfen wie einen verfaulten Apfel.

Wenn er den Gregor nicht vom Baum geworfen und er sie mit seiner verlogenen Stimme nicht an ihn erinnert hätte, hätte sie das Messer, mit dem sie vorher einen Apfel geschält hatte, vielleicht auf dem Teller liegen lassen.

Wenn er sie nur – aus welchen Gründen auch immer, und Gründe gab es immer, das wusste sie noch aus der Kinderzeit – geohrfeigt oder mit dem Handtuch geschlagen hätte, hätte vielleicht nur ihre Nase geblutet und nicht sein Bauch auch noch.

Sein Bauch hatte sehr geblutet. Das war eigentlich schön, dachte sie und erschrak ein wenig darüber. Weißt du, Mimi, sagte sie, ohne den Mund zu öffnen, ich hab ihn ins Bad verfrachtet, damit er nicht die ganze Wohnung versaut. Er wollt ja überall hinkriechen, weiß nicht, wieso. Erst ist er umgefallen, dann wollt er was sagen, was nicht funktioniert hat, dann hat er die Arme ausgestreckt wie beim Schwimmen und ist in den Flur und ins Wohnzimmer gekrochen wie ein Reptil. Das war nicht zum Anschauen, Mimi. Also hab ich ihn gepackt wie einen Bierkasten aus Fleisch und Blut, hab ihn ins Bad geschleift und hochgewuchtet über den Rand der Wanne, und er ist reingeplumpst. Rote Schleifspuren allüberall. Unter der Spüle in der Küche hat er seine Putzlumpen, die hab ich über das Blut drübergelegt. So war das, Mimi, das ist die ganze Geschichte.

Jetzt sah sie die beiden Frauen wieder, die eine mit dem roten, die andere mit dem gelben Regenschirm. Sie schauten zu ihr her, zwanzig Meter entfernt, und sie machten den Eindruck, als wunderten sie sich.

Was ist?, dachte Ilka. Sie wischte sich mit beiden Händen über die Wangen und die Augen, rieb fest und schmeckte den salzigen Rotz auf der Zunge. Die beiden Frauen gingen weiter zum Parkplatz. Ilka schaute ihnen hinterher, sie drehten sich nicht mehr um.

Auf dem Kiesweg stand das Taxi, das auf Ilka wartete. Sie war nun die einzige Besucherin auf dem Tierfriedhof mit den verzierten und gepflegten Gräbern für Hunde und Katzen.

»Ich hab im Voraus alles bezahlt«, sagte sie zum Foto ihrer Mimi. »Mach dir also keine Sorgen.«

Bevor sie sich umwandte, um endgültig zu gehen, dachte sie an die Bemerkung des Mannes in der Badewanne über den Fremden, der in ihrer Wohnung gewesen war. Dessen Namen hatte sie sich gemerkt: Süden.

Wer immer das gewesen sein mochte und was immer er

nachts in ihrer Wohnung zu suchen hatte, spielte keine Rolle mehr.
Sie würde ihn nie kennenlernen.

Die Frage, die Süden beschäftigte und über die er auch mit der Kommissarin gesprochen hatte, lautete: Warum meldete sich die verschwundene Ilka Senner nicht? Wenn scheinbar alles in Ordnung war und sie im Tierpark spazieren gehen konnte. Wenn sie also in einem Anfall von existenzieller Unsicherheit ihr altes Leben vorläufig verlassen hatte und nun feststellte, dass die Polizei nach ihr suchte und ihr Verhalten keine Privatsache mehr war, bräuchte sie nichts weiter zu tun, als bei der nächsten Inspektion anzurufen. Sie könnte versichern, dass es ihr gutgehe, und erklären, sie habe eine Entscheidung getroffen, die nur sie etwas angehe. Sie bitte darum, die Fahndung einzustellen.
Solche Anrufe hatte Süden auf der Vermisstenstelle häufig entgegengenommen. Wenn keine gravierenden Gründe – unauffällige Andeutungen von Selbstmordabsichten – dagegen sprachen, löschte er die Daten im Computer und schickte einen offiziellen Widerruf ans Landeskriminalamt.
Was könnte Ilka Senner davon abhalten, sich zu melden? Er hielt es für unwahrscheinlich, dass sie von dem Aufruf an die Bevölkerung, bei der Suche zu helfen, nichts mitbekommen hatte. Warum war Bertold Zeisig nicht in München gemeldet, obwohl er auf Aufträge angewiesen war und Visitenkarten mit seiner Telefonnummer verteilte?

Ohne richterlichen Beschluss würde die Telefongesellschaft die Adresse des Zauberers nicht herausgeben, schon gar nicht gegenüber einer Detektei. Dabei war der Mann der wichtigste Zeuge. Er hatte einen Schlüssel zur Wohnung der Vermissten, er hatte einem ehemaligen Schulfreund erzählt, er würde Ilka heiraten. Und er hatte einen Auftritt in Harlaching gehabt. Alles Spuren, die noch mehr Nebel verursachten.

Obwohl Süden die Nacht und der Morgen bei Birgit Hesse nachhingen, bemühte er sich um klare und einfache Gedanken. Fest stand: Zeisig tauchte ungefähr zwei Wochen nach Ilkas Verschwinden in ihrem Lokal auf. Wusste er nicht, was passiert war? Immerhin ließ er seine Visitenkarte da, als hoffte er tatsächlich auf einen Auftrag. Wollte er den Wirt aushorchen? Hatte Ilka ihn geschickt? Das wäre möglich.

Die Aussage mit der geplanten Heirat ergab keinen Sinn. Zeisig hatte seinem Freund Aki Unfug erzählt, davon war Süden überzeugt. Warum hatte er das getan? Welche Rolle spielte Ilka in dem zerrütteten Verhältnis zwischen den beiden Männern? Zeisig, dachte Süden, war nicht nur ein Taschenspieler, er spielte auch Menschen gegeneinander aus, er war gerissen, heimtückisch und kalt. Sein Benehmen in Ilkas Wohnung war auf eine Weise kaltblütig gewesen, wie Süden sie von Berufsverbrechern kannte.

Und warum hatte Ilka sich nicht an ihren alten Freund Gregor Polder gewandt? Weil er sie nicht in sein Haus gelassen hätte? Weil sie wusste, wie er lebte und wie verstört er im Grunde war? Weil sie sich nicht auf ihn hätte verlassen können?

Die Panik hatte bei Ilka Senner jede vernünftige Überlegung außer Kraft gesetzt, vermutlich bis heute, fast fünf Wochen nach ihrem Verschwinden.

Stimmte das überhaupt? Sie hatte ihre Wohnung aufgeräumt und nicht überstürzt verlassen. Sie hatte Kleidungsstücke eingepackt, und sie hatte mit Bertold Zeisig telefoniert. Dann allerdings hatte sie ihr Handy in der Küche liegen lassen. Im letzten Moment war sie doch leichtsinnig gewesen.

Ilkas Verhalten kam Süden nicht weniger rätselhaft vor als das von Zeisig. Beide – ähnlich wie Gregor Polder in der Akeleistraße und wie Paula Senner es in Berlin getan hatte – führten ein Leben, von dem andere nichts wissen durften. Sie zeigten sich zwar, aber nur zur Hälfte. Sie waren scheinbar anwesend, während sie anderswo unscheinbar weiterexistierten. Sie konnten nicht anders, es entsprach ihrer Natur. Sie waren Nomaden des Augenblicks.

»Gesehen hab ich sie nicht oft«, sagte Anja Reichl, die im selben Haus wie Ilka Senner wohnte, auf demselben Stockwerk.

Süden besuchte die Achtundfünfzigjährige, weil er hoffte, von ihr etwas über eine Beobachtung zu erfahren, die er vor lauter persönlicher Hautereignisse beinah vergessen hätte. »Sie war da und auch schon wieder weg. Komisch. Und jetzt les ich, sie ist verschwunden, wieso

das? Die Polizei hat mich auch schon gefragt, zweimal sogar, gestern schon wieder, und dauernd ist ein Streifenwagen am Spitzingplatz vorbeigefahren.«
Süden sagte: »Haben Sie manchmal auf ihre Katze aufgepasst?«
»Auf die Mimi? Die ist schon lang tot, mindestens ein Jahr. Nein, die Mimi war ihr Heiligtum, an die durfte niemand ran. Ich hab auch lang überhaupt nicht gewusst, dass sie eine Katze hat. Eigentlich sind Haustiere von der Hausordnung her verboten. Aber die Frau Senner war nicht die einzige Mieterin mit einer Katze, mich stört das nicht, die anderen Mieter auch nicht. Eine Dogge oder ein Kampfhund, das wär nicht erlaubt, da würd ich mich dagegen wehren.«
»Der Polizei haben Sie von der Katze nichts erzählt.«
»Die haben mich nicht gefragt, und ich hab selbst nicht mehr dran gedacht. Wie kommen Sie auf die Mimi?«
»Ihr Korb steht noch in der Wohnung.«
»Ach so.«
»Frau Senner hat sich nach Mimis Tod keine neue Katze geholt?«
»Nein. Die war sehr traurig, die Frau Senner, als das passiert ist. Die Mimi ist überfahren worden, direkt unten an der Ecke. Von einem Lastwagen, der da durchgebrettert ist. Hier ist Tempo 30, daran hält sich niemand. Für die Frau Senner war das fast eine Tragödie. Außer mit ihrer Katze hat sie mit kaum jemand geredet. Wenn die Balkontür offen stand, hab ich das gehört, mein Balkon ist ja gleich nebenan. Ja, die Mimi. Die Frau Senner hat sie

einschläfern lassen und dann beerdigt, ganz stilvoll. Ich war nie dort, aber sie hat mal was erwähnt.«
»Was hat sie erwähnt, Frau Reichl?«
»Dass Sie sich meinen Namen gemerkt haben! Sie hat erwähnt, sie hat eine Grabstätte gekauft, auf dem Tierfriedhof in Untermenzing, mit Grabstein und allem Drum und Dran. Da liegt die Urne mit der Asche von der Mimi. Ich glaub, die Frau Senner ist oft hingefahren, sehr oft. Ja, das Andenken hat sie hochgehalten. Die war so schwarz-weiß gescheckt, die Mimi, ich hab sie nur ein oder zwei Mal gesehen, ganz samtig, das Fell, ich hab sie sogar mal streicheln dürfen, da hat sie geschnurrt.«

Aufgrund seiner langjährigen Weghörerfahrung prasselten die Auslassungen des Taxifahrers über das Verhältnis der Menschen zu ihren Haustieren und deren Huldigungen nach dem Tod an Süden vorbei wie der Regen, der wieder eingesetzt hatte.
Er saß auf der Rückbank, hinter dem Beifahrersitz, bewunderte die Reiseroute quer durch München und war mehrmals kurz davor, den Taxler zu fragen, ob er ihn für einen Asiaten oder Aquanauten hielt, der vor Begeisterung über die sinnlose Stadtrundfahrt mit den Ohren schlackerte. Ständig beschimpfte der Fahrer andere Verkehrsteilnehmer, offensichtlich wegen deren Teilnahme am Verkehr. Zum Ausgleich stellte Süden sich das behagliche Schnurren einer Siamkatze vor.
Den Breiten Weg zu finden, wo sich der Tierfriedhof »Letzte Ruhe« befand, kostete den Taxler weitere fulmi-

nante Empörungsausrufe angesichts der Obermenzinger Felderlandschaft und der miserablen Beschriftung der Feldwege. Dann stellte er auf dem Schotterplatz vor dem Bürogebäude den Motor ab, drehte sich zu Süden um und sagte: »Da sind wir jetzt zügig durchgekommen, oder?«
Eine Angestellte führte Süden unter einem Regenschirm über die Wiese. »Die Frau Senner hat das Grab auf fünf Jahre gemietet«, sagte sie. »Da es ein Einzelgrab ist, kommt natürlich ein Zuschlag dazu, Jäten, Gießen und ähnliche Kleinarbeiten gehen extra. Aber Frau Senner hat alles schon bezahlt. Hier ist es.«
Süden sah das Foto der Katze, die gelben Rosen und blauen Vergissmeinnicht und die kleinen lila Steine. »Die Rosen sehen frisch aus«, sagte er.
»Die hat die Frau Senner wahrscheinlich mitgebracht.«
»Wann denn?«
»Heut, vorhin, schätz ich.«
»Sie schätzen das?«
»Ich hab sie nur kurz gesehen, als sie in das Taxi gestiegen und weggefahren ist. Ich weiß nicht, ob sie die Blumen schon vorher mitgebracht hat.«
»Sie ist in ein Taxi gestiegen«, sagte Süden.
»Die S-Bahn ist ein Stück entfernt, die meisten unserer Kunden kommen mit dem Auto oder halt mit dem Taxi.«
Süden ließ die Angestellte unter ihrem Schirm stehen und lief los. Vorbei an Gemeinschafts- und Einzelgräbern voller Engels- und Spielzeugfiguren, Stofftieren und über dem Grabstein hängenden Hundehalsbändern, an bunten Blumengestecken, verzierten und bemalten

Laternen, Steinen in allen Farben und Formen mit Inschriften wie »In unserem Herzen lebst du weiter« oder: »Du warst mein bester Freund«.

Keuchend nahm Süden neben dem Fahrer Platz, wischte sich den Regen aus dem Gesicht, zog den Reißverschluss seiner Lederjacke auf, dachte einen Moment nach. »Einer Ihrer Kollegen war hier«, sagte er. »Ich muss wissen, wohin er mit seiner Kundin gefahren ist.«

»Leichte Übung, Meister«, sagte der Taxler und sprach über Funk mit seiner Zentrale.

»Fraunbergstraße«, sagte eine Frau in der Zentrale, nachdem sie eine Rundfrage unter den Kollegen gestartet hatte. »Ist Ecke Thalkirchener Platz ausgestiegen.«

»Zufrieden?«, fragte der Taxler.

»Wir fahren hin.«

»Und tschüss, ihr toten Tierchen.« Der Taxler gab Gas, denn für die Wahrung der Totenruhe wurde er nicht bezahlt.

Als Süden am Thalkirchener Platz ausstieg, hörte es auf zu regnen. Innerhalb weniger Minuten wurde die Luft schwül und dampfig. Aus dem nahen Tierpark drangen Tierlaute herüber.

Er schaute sich um. In dieser Gegend war Ilka Senner schon vor drei Tagen gewesen. War hier ihr Versteck? Wen kannte sie in Thalkirchen oder Obersendling? Besuchte sie heute ein zweites Mal den Tierpark, unbeschwert, aus reiner Zuneigung zu den Tieren, ohne Not, sich gegenüber jemandem erklären zu müssen?

Dem Taxifahrer, erfuhr Süden, hatte Ilka zunächst gesagt, sie wolle in die Fraunbergstraße. Diese Straße zweigte nach dem Thalkirchener Platz rechts ab, eine Einbahnstraße, die nach zweihundert Metern in den steilen Schmiedberg überging, der zur Wolfratshauser führte, einer vielbefahrenen Ausfallstraße.

Unentschlossen stand Süden an der Kreuzung. Er überlegte lange, welche Richtung er einschlagen sollte, und entschied sich schließlich für den Tierpark. Er wandte sich um und ging los.

So konnte er nicht sehen, dass eine Frau mit einer Wollmütze und in einem schweren Ledermantel aus dem grauen Haus in der Fraunbergstraße 13 trat. Wie sie sich an den niedrigen Holzzaun lehnte und die Hände vors Gesicht schlug. Sie hatte Angst. Die Angst war noch größer als die, die sie ihr Leben lang gehabt hatte, wenn sie wieder einmal befürchtete, jemand fände heraus, dass sie weder lesen noch schreiben konnte.

Doch so wie früher, so wie immer, wollte sie auch diese neue Angst überwinden. Das musste sie einfach schaffen, und es würde ihr gelingen.

Ilka Senner nahm die Hände vom Gesicht, warf einen verschwommenen Blick auf das Haus gegenüber, in dem ein Hundesalon untergebracht war, der »Hundewellness« versprach. Sie stieß ein Lachen aus, vielleicht das erste seit vielen Wochen, steckte die Hände tief in die Taschen des nach altem Schrank riechenden Mantels und machte sich mit hochgezogenen Schultern und gesenktem Kopf auf den Weg. Dorthin, wo sie für immer aufhören wollte, sich wie ein blödes Ding zu fühlen.

13
Die Abruzzengänse, dachte Süden, taugten als Zeugen so wenig wie die rosa Pelikane, sie waren zu sehr mit sich selbst beschäftigt. Ihr Bestand war bedroht. Getrieben von der Vorstellung, dass Ilka Senner am vergangenen Sonntag nicht nur zu einem launigen Ausflug in den Tierpark Hellabrunn gekommen war, sondern, weil sie eine bestimmte Absicht damit verfolgte, streifte er über das sechsunddreißig Hektar große Gelände, vom Isar-Eingang hinter der Brücke bis zum Flamingo-Eingang am anderen Ende. Er hatte die Menschen mehr im Blick als die Tiere, auch wenn es unmöglich war, dem entspannt an der Futterkrippe fressenden Elch nicht eine Weile zuzuschauen.

Der Bestand der Elche war gesichert. Vielleicht staksten sie deshalb wie in sich ruhend zwischen den mit Draht umwickelten Baumstämmen über die Wiese, während in der Nähe der ebenfalls gesicherte Steinbock auf seinem improvisierten Felsen schlief.

Kinder rasten auf Bobby-Cars über die geteerten Wege, Erwachsene – unter ihnen italienische und französische Touristen – fotografierten das Indische Panzernashorn, das, obwohl gefährdet, seine urzeitlichen Panzerplatten genüsslich an der Steinmauer rieb und vielleicht hoffte, von jemandem gekrault zu werden. Angeblich schmuste es gern.

Eltern zeigten ihren Kindern das lustig aussehende Bartschwein, das eine merkwürdige Beziehung zu Wachteln

unterhielt. Beim Polarium sah Süden zwei Seelöwen rücklings auf einem Stein liegen, die Flossen auf dem Bauch, als beteten sie die Sonne hinter den Wolken an. Gegenüber trotteten zwei Eisbären in weißer Einsamkeit hinter der Glasscheibe auf und ab. Aus Gewohnheit und weil sonst nichts da war, fraßen sie die Blicke der Besucher.
Ein paar Meter weiter pressten alte und junge Besucher ihre Nasen an die Scheiben des Pinguinbeckens. Süden setzte sich auf eine Bank und hielt weiter Ausschau. Hinter ihm wieherten Pferde, und als er sich umdrehte, sah er, dass es Zebras waren. Statt im Südwesten Afrikas lebten sie im Süden Münchens. Allerdings teilten sie sich ihr Gehege mit zwei Vögeln aus ihrer Heimat, dem Blauhalsstrauß, der sich damit begnügte, auf zwei Zehen zu laufen, dafür aber siebzig Stundenkilometer schnell, und dem aasfressenden Marabu, der zwar auf einem Bein stehen konnte, dadurch aber, fand Süden, nicht unbedingt grazieler wirkte.
Vermutlich hatte er in der vergangenen Stunde doch mehr die Tiere als die Menschen beobachtet, doch er war sich sicher, die vermisste Bedienung nicht übersehen zu haben.
Früher hatte er auf diese Weise Spuren verfolgt. Auch wenn es häufig zunächst keine konkreten Spuren waren, sondern eher Abdrücke in der Luft, die er wahrzunehmen glaubte. Dellen in der Gegenwart eines Verschwundenen. Dessen Anwesenheit endete nicht, nur weil er sich nicht mehr an vertrauten Orten aufhielt und seine Stimme außer Hörweite war.

Seit jeher betrachtete Süden eine Vermissung als ein Schauspiel auf verdunkelter Bühne. Vielleicht hatte jemand die Scheinwerfer mutwillig zerstört. Vielleicht war nicht mehr genügend Strom vorhanden. Vielleicht gehörte die Dunkelheit zum neuen, entscheidenden Akt. Die Akteure aber hatten sich nicht in Luft aufgelöst, sie waren bloß unsichtbar geworden für die Augen derer, die sich selbstsicher in ihrem Schauen eingerichtet hatten und auf ihren zementierten Erwartungen hockten wie der Pavianpascha auf seinem Felsen.

Manche Vermissten irrten durch die von ihnen selbst entworfenen, in schwarzes Licht getauchten Kulissen und wussten nicht mehr ein noch aus. Dabei waren sie überzeugt gewesen, durch den Ausbruch aus der ihnen vorgeschriebenen Rolle die Gaffer am Rand ihrer Lebensbühne ein für alle Mal verscheucht zu haben. Dann wartete Süden auf seinem Sperrsitz einfach ab. Wenn der Untergetauchte meinte, ganz für sich zu sein und ein Streichholz anzündete, stand Süden auf. Und er blieb so lange reglos stehen, bis der andere das Streichholz fallen ließ und aus seinem schwarzen Schweigen heraus zu sprechen begann, in Sätzen mit unsoufflierter Stimme.

Das Weinen eines Jungen mischte sich mit dem Klingeln des Handys, das in Südens Ohren nach wie vor aufdringlich klang. Er sah die Nummer auf dem Display und zögerte einen Moment.

»Ja«, sagte er.

»Servus, wo bist du?«

»In der Nähe des Südpols, irgendwo in Afrika.«

»Du bist im Zoo«, sagte Birgit Hesse. »Glaubst du, Ilka taucht noch einmal auf?«

»Ich weiß es nicht.« Er schaute dem Jungen zu, der aufgehört hatte zu weinen und gegen die Scheibe trommelte, um einen Eselspinguin zu begrüßen.

»Wir haben die Adresse von Bertold Zeisig gefunden«, sagte die Kommissarin. »Er ist in Salzburg gemeldet, Strubergasse. Die Kollegen von der Gendarmerie waren dort, haben aber niemanden angetroffen. Eine Nachbarin meinte, Zeisig sei wohl wieder auf Tournee in Deutschland, wie so oft. Er halte sich sehr selten in seiner Wohnung auf. Überhaupt sei er ein sehr zurückhaltender Mann.«

»Du hast auf eigene Faust recherchiert«, sagte Süden.

»Ich hab mich von dir inspirieren lassen.«

»Hast du zu seinen Eltern oder Verwandten Kontakt aufgenommen?«

»Eltern wär schwierig, die sind beide vor sechs beziehungsweise acht Jahren verstorben. Zeisig hat einen Bruder, der angeblich in Amerika lebt, sagt die Nachbarin. Keine Adresse bisher. Die Miete bezahlt Zeisig regelmäßig, keine Eintragung im österreichischen Strafregister. Ich hab dich hauptsächlich angerufen, weil ich einen Rat von dir wollte.«

»Und nebensächlich?«

»Bitte?«

»Welchen Rat?«

»Mach dir nicht zu viele Gedanken«, sagte Birgit Hesse. »Wir haben was ausprobiert, und es hat ziemlich gut geklappt. Bei Gelegenheit können wir's noch mal probieren, was ich schön fände. Aber ein Vertrag ist das Ganze nicht.«

»Interessante Formulierungen«, sagte Süden. »Steht dein Chef neben dir?«

»Nein, *ich* steh wahrscheinlich etwas neben mir.«

»Etwas ist besser als total«, sagte Süden.

»Hm«, machte die Kommissarin. Im selben Moment wieherte hinter Süden wieder eines der Zebras. »Ich wollte dich fragen, ob ich die Kollegen in Salzburg in die Wohnung reinschicken soll. Wir haben keine richterliche Befugnis, keinen Haftbefehl, nichts. Der Mann ist ein unbescholtener Bürger, abgesehen davon, dass er dich niedergeschlagen hat. Wenn du Anzeige erstatten würdest, könnten wir offiziell nach ihm fahnden und hätten einen Grund, seine Tür aufzubrechen. Was würdest du tun?«

»Ich würde versuchen, den Bruder in Amerika zu erreichen und sämtliche Telefonanbieter in Deutschland und Österreich anrufen und hoffen, sie kooperieren auch ohne richterliche Anordnung.«

»Das werden sie nicht tun.«

»Warte bis morgen«, sagte Süden. »Wenn wir nichts von Ilka Senner hören, sollen deine Kollegen die Wohnung aufbrechen. Ich erstatte dann gleichzeitig Anzeige wegen schwerer Körperverletzung.«

»Einverstanden«, sagte Birgit Hesse.

Sie schwiegen beide am Telefon.

Es war kurz nach siebzehn Uhr. In einer Stunde wurde

der Tierpark geschlossen. Vor dem Pinguinhaus standen nur noch vereinzelt Besucher. Ein kühler Wind wehte. Weit und breit keine Tierlaute mehr.

Süden stand auf und schaute sich um, das Handy und das Schweigen am Ohr. Aus Richtung Biergarten beim Abenteuerspielplatz kam ein älteres Paar, jeder mit einem kleinen roten Rucksack, Hand in Hand, ins Gespräch vertieft, mit munteren Stimmen. In der entgegengesetzten Richtung, nahe des Pavianbergs, fragte ein Mann, der einen Lageplan in der Hand hielt, eine Frau nach dem Weg, und sie deutete nach Norden. Er wedelte dankbar mit dem Plan.

Ein einziges Mal – daran musste Süden denken, nachdem er sich von Birgit Hesse verabschiedet und das Handy in die Tasche gesteckt hatte – war er mit seinem Vater im Zoo gewesen, da war er acht oder neun Jahre alt. Es war Sonntag und der Tierpark voller Besucher. Plötzlich war sein Vater verschwunden. Süden konnte ihn nirgends entdecken, er lief hin und her, quer durch den Park, drängte sich an Beinen und Kinderwägen vorbei, stolperte, fiel hin, seine Knie bluteten, denn er trug kurze Hosen. Er fing an, wildfremde Leute zu fragen, ob sie seinen Vater gesehen hätten. Einige lachten ihn an oder aus. Mütter strichen ihm über den Kopf und boten sich an, ihn zum Eingang zu begleiten. Das wollte er nicht. Er rannte weiter, an Flamingos und Elefanten vorbei, und bekam fast keine Luft mehr. Beim Haupteingang, daran erinnerte er sich die ganze Zeit, hatte sein Vater ihm ein Schild gezeigt, auf dem stand: »Treffpunkt für verlorene

Kinder«. Dahin musste er gelangen, dort, so stellte er sich vor, würde sein Vater schon auf ihn warten. Tatsächlich fand er zurück zum Eingang, und er sah auch das Schild, aber nirgendwo seinen Vater. Er stellte sich genau neben das Schild und rührte sich nicht vom Fleck. Die Minuten vergingen wie Jahre. Nach ungefähr einer Stunde tauchte sein Vater auf, Schweiß lief ihm übers Gesicht, er war ganz bleich. Er umarmte seinen Sohn und hielt ihn so lange fest, dass Leute stehen blieben und die beiden anstarrten.
An diese unbändige Umarmung, in die er bis zum Verschwinden seines Vaters, als er sechzehn Jahre alt war, nie mehr zurückkehren durfte, musste Süden denken, als er das Rucksack-Paar sah, wie es sich vor dem Pinguinhaus küsste und anschließend sanft die Wangen aneinander rieb.

Seine Backe schürfte über das Emaille der Badewanne. Sein Kopf bewegte sich wie automatisch auf und ab. Kälte strömte in ihn hinein oder aus ihm heraus, so wie das Blut gestern. Fast einen ganzen Tag lag er schon da, die Hände über Kreuz auf dem Bauch, an der Stelle, wo die Wunde war. Ilka hatte ein Handtuch daraufgedrückt, und als er schrie, ihm ein Geschirrtuch in den Mund gestopft. Er dachte, er würde ersticken. Er zappelte mit den Beinen, und weil er nicht damit aufhörte, packte sie ihn an den Haaren und schlug seinen Kopf zweimal gegen die Innenseite der Wanne. Er dachte, er würde bewusstlos werden. Sie holte Unmengen von Pflastern aus dem Hängeschrank über dem Waschbecken und klebte sie auf die Wunde. Dann legte sie ein dickes grünes Handtuch darüber, später noch eines. Wie bei einem Kranken, der keinen eigenen Willen mehr hatte, hob sie seine Arme an, legte die Hände über Kreuz und fesselte sie mit einer Paketschnur, die sie aus dem Wohnzimmer geholt hatte.

Zwischendurch verlor er tatsächlich das Bewusstsein, fünf oder zehn Minuten lang. Ihm fehlte jede Kraft, sich aufzurichten. Seine grüne Hose war dunkel von Blut, überall riesige Flecken, auch auf dem T-Shirt, rote Schlieren am Wannenrand. Ein beißender Geruch ging von ihm aus, von dem ihm schlecht wurde. Mit letzter Kraft schaffte er es, sich nicht zu übergeben.

Irgendwann bemerkte er, dass die Tür des Badezimmers geschlossen war. Er konnte sich nicht daran erinnern, wann Ilka gegangen war. Kein Geräusch von drüben. Oder doch? Was war geschehen?

Sie hatte ihm ein Messer in den Bauch gerammt. Der Angriff kam so überraschend, dass er immer noch kein Bild dafür hatte. Er versuchte, sich den Moment vor Augen zu führen, konzentrierte sich auf diese eine Sekunde, als das Messer durch sein dünnes T-Shirt in seine Bauchdecke drang. Da war ein schwarzes Loch in seiner Vorstellung.

Das Erste, was ihm wieder einfiel, war, dass er über den Boden gekrochen war und mit der Stirn gegen den Türrahmen geschlagen hatte.

Daran erinnerte er sich genau. Aber was passierte vorher?

Er war nicht aufmerksam genug gewesen. Er hätte begreifen müssen, dass sie nur ein Spiel mit ihm trieb, nach ihren Regeln, die ebenso willkürlich waren wie ihr ganzes Verhalten. Jetzt würde er sterben, und sie hätte ihr Spiel gewonnen.
Bei dem Gedanken erschrak er. Der Gedanke, dass er in der Badewanne verbluten würde, löste einen Ruck in ihm aus, der ihn dazu brachte, den Oberkörper zu beugen, als wollte er sich aufrichten und mit den gefesselten Händen nach dem Telefon greifen, das vor der geschlossenen Tür lag.
Ilka hatte ihr silbernes Handy dort hingelegt.
Jetzt sah er sie wieder vor sich. Wie sie, nachdem sie schon rausgegangen war, noch einmal die Tür einen Spaltbreit öffnete und das Handy auf den Fliesenboden legte.
Sie wollte ihn lächerlich machen.
Dann fiel ihm noch etwas ein: Bevor sie das Handy hinlegte, hielt sie es hoch, in seine Richtung, wortlos, sie schaltete es ein, tippte vier Ziffern, vermutlich den PIN-Code, wartete auf die Erkennungsmelodie und betrachtete das Display. Einige Sekunden später ertönte ein Zeichen, wahrscheinlich hatte sie eine Nachricht erhalten. Dann noch ein Zeichen und ein drittes. Sie stand da, schaute weiter das Display an. Als kein Ton mehr kam, verschwand sie.
Wenn er es schaffte, den Wannenrand zu überwinden, könnte er Hilfe holen, den Notarzt, die Polizei, die Psychiatrie.

Er hätte sie niemals gewähren lassen dürfen.
Wie damals Joseph, seinen Bruder, der so viel Spaß daran hatte, fremde Keller auszukundschaften, Abteile aufzubrechen und in fremden Sachen herumzuschnüffeln. Er begleitete ihn oft, Joseph war fünf Jahre jünger und ein Kindskopf. In Wahrheit war er kein Kindskopf, sondern ein Hurensohn. Wann immer sich die Möglichkeit bot, sperrte er seinen älteren Bruder in ein ekelhaftes Kellerloch und erzählte daheim, der Bertold wäre mit Zigeunern mitgegangen. Dann suchten seine Eltern nach ihm, und wenn sie ihn nicht fanden, alarmierten sie die Polizei. Meist sagte Joseph bald die Wahrheit, und er, Bertold, kam frei. Als Bertold volljährig wurde, sagte er zu seinem Bruder, er würde ihn umbringen, wenn er nach seinem sechzehnten Lebensjahr weiter in Salzburg oder in Österreich bleiben würde. Eine Woche vor seinem sechzehnten Geburtstag haute Joseph von zu Hause ab. Er hinterließ eine Nachricht, dass er sich nach Amerika durchschlagen und dort bleiben würde. Bertold hatte sich vom Bundesheer zwei Tage freigenommen und war nach Salzburg zu seinen Eltern gereist, angeblich um an der Geburtstagsfeier seines Bruders teilzunehmen. Joseph kapierte sofort, was Sache war.
Die blöde Kuh wollte allen Ernstes, dass er sie für ein paar Wochen verschwinden ließ.
Was für ein armseliges Leben, dachte er, als die Tür aufging. Er hatte geglaubt, Ilka wäre längst weg.
»Ich bin gekommen, um mich zu verabschieden«, sagte sie. »Von Mimi hab ich mich grad verabschiedet, das ist

meine Katze, weißt du. Ich leih mir deinen Ledermantel aus und die rote Wollmütze, die gefällt mir. Ich hoff, du hast nichts dagegen. Danke fürs regelmäßige Lüften meiner Wohnung, das war nett von dir. Du blutest wieder. Falls dich jemand findet und du lebst noch, sag ruhig, dass ich dich abgestochen hab. Mich findet niemand mehr, aber die Wahrheit muss schon ans Licht. Das Handy lass ich dir da, zur Erinnerung.«
Sie schloss die Tür.
Er hörte ihre Schritte, dann nichts mehr. Sie musste die Haustür extrem leise geschlossen haben. Das ist fast nicht möglich, dachte Zeisig, die knarzt doch immer.
Die Wollmütze hatte Janine für ihn gestrickt. Janine tat immer, was er wollte. Bis auf das eine Mal, als sie ihm die große Show in Hannover versaut hatte. Danach lag sie fünf Monate im Krankenhaus. Niemand wusste, was passiert war, und sie wusste es offensichtlich auch nicht, sie sei gestürzt, hieß es.
Soweit er wusste, trug sie heute eine Prothese am rechten Handgelenk.
Er wollte nicht sterben. Er wollte noch einmal als Zauberer auftreten und in fiebrige Gesichter schauen. Ein bestimmtes Gesicht würde ihm schon genügen, dachte er. In seinem Bauch schlug jemand Nägel ins Blut.
Das dämliche Gesicht von Aki Polder, das wär's wert, dachte er noch, bevor er wieder bewusstlos wurde.

Vor den kleinen Vorhängeschlössern, die im Drahtzaun der Thalkirchener Brücke hingen, blieb sie lange stehen.

Am Sonntag, im Gewühl der Leute, hatte sie keine Augen dafür gehabt. Die vielfarbigen, glänzenden Metallschlösser hingen auf beiden Seiten der Brücke, hauptsächlich in der Mitte, eng nebeneinander, eine verschworene Gemeinschaft von Liebenden.
Michi+Anna, Pepe+Clara, Sabrina+Nick, Billie+Robin, Tobi+Lisa und unzählige andere Namen, eingeritzt und verziert auf blauem, grünem, rotem, gelbem, silbernem Grund.
So etwas hatte Ilka Senner noch nie gesehen. Doch das war nicht der Grund, warum sie stehen blieb und die Buchstaben anschaute und unauffällig weinte, die Mütze tief ins Gesicht gezogen, mit hochgestelltem Mantelkragen, die Hände in den Taschen vergraben.
Sie hatte, auch ohne einen Namen vollständig lesen zu können, begriffen, dass es sich um Symbole handelte, und da wurde ihr bewusst: Ihr Leben verlief vollständig ohne Symbole. Sie war die Bedienung Ilka und nichts weiter. Nicht einmal der Name des Lokals, in dem sie praktisch zu Hause war, bedeutete etwas anderes als »Charly's Tante«. Charly von Charlotte und Tante von Tante Else, die seinerzeit ihr gespartes Geld zur Eröffnung der Kneipe beigesteuert hatte. Dass es auch einen Film mit dem Titel gab, wusste sie nicht. Der Name der Kneipe war nichts als ein Witz. So wie die Tatsache, dass sie Analphabetin war. Kein Symbol für irgendetwas, bloß die logische Folge ihrer verprügelten Kindheit.
Würde jemand, der ihr Leben darstellen wollte, ein

Schloss an eine Brücke hängen und ihren Namen einritzen? Als ein Zeichen ihrer Existenz und ihrer Verbundenheit mit dem Leben?
Sie weinte, weil sie diesen Gedanken so komisch fand.
Vermutlich hatte jeder Mensch ein Symbol, das ihn auszeichnete. So wie die Liebenden die Passanten daran erinnerten, dass es mehr gab als Freizeit und Arbeit und Ärger mit den Kindern und Zoff im Betrieb und morgens aufstehen und abends schlafen gehen. Dass es etwas Federleichtes gab. Etwas, das man festhalten musste, damit man am Ende des Lebens nicht mit ausgehöhltem Herzen ins ewige Dunkel hinunterstieg.
Das ist nicht schwer zu verstehen, dachte Ilka.
Dann sah sie, fast am Ende der Brücke, noch ein Schloss, das einsam, abseits der anderen, am Zaun hing.
Sie beugte sich hinunter und begann mit dem linken Buchstaben. I-c-h-v-e-r-m-i-s-s ...
Sie richtete sich auf. Der Ledermantel drückte auf ihre Schultern. Bestimmt stand da auch ein Name, aber sie wollte nicht länger zaudern. Sie wollte jetzt unsichtbar werden, wie geplant.
Sie bezahlte den Eintritt und schlug den Weg nach links ein, entgegen dem empfohlenen Rundgang – vorbei an Ochsen und Störchen und am verschatteten Gehege der Wölfe, die unruhig durchs Gesträuch liefen. Die Namen der meisten Tiere kannte sie nicht, aber sie schaute sie trotzdem gern an und unterhielt sich mit ihnen, fast wie mit den Stammgästen in ihrem Lokal, in das sie nicht zurückkehren würde.

Ihre Zeit war abgelaufen. Das hatte sie mit dem Zeiserl gemeinsam, dachte sie und warf einen flüchtigen Blick auf die große Voliere, in der die Vögel unter einem vergitterten Himmel flogen.
Was sie dem Zeiserl angetan hatte, war nicht gerecht, sagte sie sich, aber es war auch unvermeidlich gewesen. Wenn er starb, war sie eine Mörderin, wenn er nicht starb, so etwas Ähnliches. Sie würde sich nicht dafür schämen. Die Zeit, sich zu schämen, war vorbei.
Genug geschämt mit sechsundvierzig Jahren, sagte sie zum Ameisenbär und wartete auf keine Antwort.
Ohne innezuhalten, ging sie am Elefanten- und Schildkrötenhaus vorbei, wich Kinderwagen schiebenden Vätern aus und schaute einem etwa vierjährigen Mädchen hinterher, das eine winzig anmutende Jeansjacke und einen winzig anmutenden Jeansrock trug und fröhlich kreischend vor ihren Eltern herlief.
Keine Symbole.
Nicht einmal ein Kind als Symbol für die Anwesenheit auf der Erde.
Kein Kind, kein Mann. Nur eine tote Katze.
Vor dem Pinguinhaus blieb sie erschöpft stehen. Sie hatte ein Stechen in der Leiste und rang nach Luft. Die kuriosen Vögel hüpften ins Wasser. Die wenigen Kinder, die noch zuschauten, trommelten gegen die Scheiben.
Ihr erstes Ziel hatte sie erreicht. Jetzt musste sie nur noch geschickt sein. Hinter dem Haus stieg ein steiler, mit Bäumen und Büschen bewachsener Hang an, der von keinem Zaun begrenzt wurde. Ihre erste Nacht war gesichert.

Sie drehte sich um und sah einen Mann in einer Lederjacke auf der Bank sitzen. Er schaute zu ihr her, ununterbrochen. Sie beschloss, ihn nicht zu beachten, und ging weiter, zu den Eisbären.
Der Mann stand auf und folgte ihr. Und dann sprach er sie an.

14

»Mein Name ist Süden«, sagte er. »Ihre Gäste und Ihr Chef bezahlen mich dafür, dass ich Sie suche, Frau Senner.«
»Ich bin nicht Frau Senner.«
»Sie sind nicht Ilka Senner?«
»Nein.«
»Lügen Sie ruhig weiter«, sagte er, »ich glaube Ihnen sowieso nicht.«
Sie nestelte an ihrer Mütze und warf verstohlen einen Blick zum Wald.
Süden schwieg.
Sie waren stehen geblieben. Ilka Senner nahm die rechte Hand aus der Manteltasche, ließ den Arm hängen, nahm die Linke aus der Tasche, steckte die Rechte wieder hinein. Sie ballte die linke Hand zur Faust und schien angestrengt über etwas nachzudenken. Im nächsten Moment streckte sie den Arm, um Süden wegzustoßen und loszulaufen, aber er reagierte schneller, als sie erwartet hatte. Er umklammerte ihr Handgelenk, hielt es vor seiner Brust fest. Der Griff verursachte ihr Schmerzen, aber sie verkniff sich jeden Laut.
Mit zusammengebissenen Zähnen stand sie vor ihm. Ihr schmales Gesicht sah eingefallen und grau aus. Süden vermutete, dass sie seit Tagen nichts gegessen hatte.
»Ich bringe Sie zurück«, sagte er.
»Wohin denn?«
Er wusste es nicht, sagte: »Nach draußen.«

»Ich bleibe hier.«

Das war es also, was sie beabsichtigt hatte, als sie am Sonntag durch den Tierpark schlenderte und beim Polarium von einem Besucher gesehen wurde: Sie suchte ein Versteck, eine Bleibe, ihr eigenes Gehege in Hellabrunn.

»Und wenn Sie erwischt werden?«

»Mich erwischt niemand mehr.«

»Versprechen Sie mir, dass Sie nicht weglaufen, wenn ich Sie loslasse.«

»Nein«, sagte Ilka Senner.

»Dann gehen wir Hand in Hand zum Ausgang.« Süden dachte an das Rucksack-Paar und überlegte, was die beiden gerade taten. Vielleicht betrachteten sie die Schlösser auf der Tierparkbrücke und nahmen sich vor, auch eines hinzuhängen, und vielleicht würde der Mann sagen: Dafür sind wir doch zu alt. Aber die Frau würde ihn überzeugen, dass das Alter keine Rolle spielte, wenn man ein Schloss an eine Brücke hängte.

Süden hatte die Schlösser nie zuvor gesehen.

»Ich will nicht mit Ihnen gehen«, sagte Ilka Senner.

»Sie haben keine Wahl.«

»Ich will hierbleiben. Ich bin eine erwachsene Frau, ich kann tun, was ich will. Niemand hat das Recht, mich festzuhalten.«

»Das ist wahr«, sagte Süden und ließ ihre Hand los. Ilka wusste nicht, wohin mit ihrer Hand, steckte sie in die Manteltasche und zog sie gleich wieder heraus.

Rund um das Polarium waren sie die letzten Besucher. Es musste kurz vor achtzehn Uhr sein.

»Gehen wir«, sagte Süden.

»Sagen Sie dem Dieda und der Charly, mir fehlt nichts, ich musste nur mal raus, ich weiß noch nicht, wann ich zurückkomm.«

»Sie lügen mich an.«

»Wieso denn?«

»Sie wollen nie mehr zurückkommen. Das sollten Sie Ihren Leuten selbst sagen.«

»Ich mag Sie nicht.«

»Sie sind weggegangen, weil Sie nicht lesen und schreiben können und Angst haben, erwischt zu werden.«

Als wäre die Angst die Pranke eines Eisbären, der nach ihr schlug, duckte sich Ilka und sah Süden wie ein gehetztes, verlorenes Tier an. Er griff wieder nach ihrer Hand, die arktisch kalt war. Unter dem Rand der fusseligen Wollmütze starrten ihn zwei große, helle Augen an, unentwegt, ohne eine Bewegung der Lider.

»Sie gehen zu den Tieren«, sagte Süden, »weil die auch nicht lesen und schreiben können und trotzdem eine Daseinsberechtigung haben.«

Sie schüttelte mechanisch den Kopf.

»Sie haben sich Ihr Leben lang perfekt versteckt.«

»Perfekt versteckt«, sagte sie mit kleiner Stimme und lächelte, mechanisch, so, wie sie gerade den Kopf geschüttelt hatte.

»Und auf einmal sollen Sie das Geschäft übernehmen und sich in Buchhaltung auskennen, in der Bürokratie mit Anträgen und Mahnbriefen und Stellungnahmen. Wie hätten Sie das schaffen sollen?«

»Geht gar nicht.«

»Das geht gar nicht«, bestätigte Süden. »Obwohl Ihnen Charlotte Nickl helfen wollte, sie möchte, dass Sie das Lokal übernehmen und weiterführen.«

»Ich will das nicht.« Sie stand immer noch reglos da, ließ ihre Hand von Süden festhalten und schien nichts dabei zu empfinden. Hinter ihr kam ein Mann in einem karierten Hemd und einer Latzhose näher und hob den Arm. Süden sah zu ihm hin, und Ilka drehte den Kopf.

»Sie müssen den Park verlassen«, sagte der Mann.

»Ja«, sagte Süden.

»Am besten, Sie gehen zum Flamingo-Eingang, wissen Sie, wo der ist?«

»Ja.«

»Gut.«

Süden drückte Ilkas Hand und zog sie mit sich. Gebeugt ging sie neben ihm her. Süden roch die Ausdünstungen des Mantels.

»Sie wollten hier über Nacht bleiben«, sagte er, »und sich morgen unter die Besucher mischen. Und am nächsten Tag dasselbe. Wovon hätten Sie sich ernährt?«

Etliche Tiere waren noch draußen, streunten umher. Kängurus, Giraffen, die Silbergibbons. Das Gelände vor dem Elefantenhaus lag verwaist im grauen Abendlicht, die Tore waren geschlossen. Ilka sah nur auf den Weg vor sich, auf ihre abgetragenen, rissigen Stiefel. Sie ging langsam, Süden drängte sie nicht.

Von der Bank beim Pinguinhaus hatte er sie mit schnellen, eckigen Schritten näher kommen sehen und sie

beobachtet, wie sie nach Luft schnappte und das Seitenstechen sie quälte.
»Haben Sie Geld?«, fragte Süden.
»Ich wollte nichts essen«, sagte Ilka. »Ich wär irgendwann in ein Becken gesprungen und hätt mich auffressen lassen.«
Sie sagte es mit ruhiger, fast gleichgültiger Stimme. Sie ging weiter, als habe sie vom Wetter gesprochen oder eine Bemerkung über den Pfau gemacht, der neben ihnen über die Wiese stolzierte.
»Das hätten Sie nicht getan«, sagte Süden.
Sie blieb stehen, wollte die Hand wegziehen, aber Süden ließ nicht los. »Was wissen Sie denn von mir? Gar nichts, stimmt's? Sie haben einen Auftrag gekriegt, und den führen Sie aus und sonst nichts. Wieso sagen Sie zu mir, das hätt ich nicht getan? Wieso erniedrigen Sie mich so? Wieso denn? Sie wissen überhaupt nicht, zu was ich fähig bin. Sie bilden sich ein, ich bin ein blödes Ding, das man gut rumschubsen kann. Alle denken immer, ich bin blöd. Kann schon sein, dass ich blöd gewesen bin. Natürlich bin ich blöd gewesen, daran gibt's keinen Zweifel. Aber heut bin ich nicht mehr blöd, und wenn ich sag, ich wär ins Wasser gesprungen und hätt mich auffressen lassen, dann stimmt das, und Sie haben kein Recht, das anzuzweifeln. Sie dürfen das nicht, niemand darf das. Und jetzt lassen Sie meine Hand los, damit ich meiner Wege ziehen kann, die Sie nichts angehen. Und noch was: Sie sind in meine Wohnung eingedrungen und haben sich da breitgemacht. Hab ich

Ihnen das erlaubt? Nein. Sie sind in meine Wohnung eingebrochen, und jetzt wollen Sie in mein Leben einbrechen. Nein.«

Sie zerrte an seiner Hand, nahm die andere Hand zu Hilfe, rüttelte an Südens Arm. Er gab nicht nach.

»Ich bin nicht eingebrochen«, sagte er. »Ich hatte einen Schlüssel.«

»Von der Paula, der Verräterin«, sagte Ilka.

»Wo ist Bertold Zeisig?«

Ähnlich wie vorhin zog sie unter der Frage die Schultern hoch und wirkte eine Weile verwirrt und aufgescheucht.

»Ist das sein Mantel?«, sagte Süden.

»Nein.«

»Sie lügen.«

»Sie sollen aufhören, mich zu beleidigen.«

»Ich beleidige Sie nicht.«

»Dann hauen Sie ab«, schrie sie. Sie zerrte an seinem Arm, versuchte, nach Süden zu treten. Er packte auch ihr anderes Handgelenk und drängte sie gegen die Mauer des Andenkenladens. Ihre Stiefel trafen sein Schienbein, er musste aufpassen, dass ihre Fäuste nicht sein Gesicht berührten. Ihr Körper bebte, der Mantel gab ein knirschendes Geräusch von sich.

Schließlich stampfte sie mit den Füßen auf wie ein vor Zorn überbordendes Mädchen. »Ich zeig Sie an. Sie sind ein Einbrecher und ein Verbrecher, und ich werd ...«

Ohne dass sie es bemerkte, ließ er ihre linke Hand los und hielt ihr den Mund zu. Er presste seine Hand flach auf ihre Lippen und Nase und drückte sie mit dem Ge-

wicht seines Körpers gegen die Holzverschalung des Ladens.
Sie riss die Augen auf und versuchte, Gegenwehr zu leisten, was ihr nicht gelang. Unter den zahlreichen Kilos des Detektivs rang sie nach Luft, so massiv lastete sein nach vorn gebeugter Körper auf ihrer Brust.
Er hielt ihr weiter den Mund zu und ließ nur die Nase frei. »Sie sind still«, sagte er, so nah vor ihrem Gesicht, dass seine grünen Augen sie erschreckten. »Wir sind beide still. Und wenn wir das geschafft haben, gehen wir durch diese Drehtür nach draußen und in die Fraunbergstraße.«
Zum dritten Mal ging eine Erschütterung in ihr vor, gegen die sie machtlos war. Sie drehte den Kopf weg. Süden nahm die Hand von ihrem Mund. Sie keuchte wie nach einem langen Lauf in großer Hitze.
Den Namen der Straße, den Ilka Senner dem Taxifahrer am Tierfriedhof genannt hatte, hatte Süden sich notiert, da er ihn nicht kannte.
Ihr Widerstand lohnte nicht. Süden ließ ihre Hand los.
Hintereinander gingen sie durch die Tür mit den Eisenstreben. Am Kiosk gegenüber standen Leute und tranken Bier. Autos fuhren vorüber.
Süden sagte: »Wohnt Zeisig in der Fraunbergstraße?« Er nahm Ilka wieder bei der Hand, und sie wehrte sich nicht.
»Nein«, sagte sie und trottete neben ihm her, an der Mauer des Zoos entlang, über die Brücke mit den kleinen Liebesschlössern, bis zum improvisierten Maibaum an der Bushaltestelle.
Auf dem Weg dorthin sprachen sie kein Wort. Sie wirkten

wie ein Liebespaar, das sich nichts zu sagen hatte und, ihren schlurfenden, behäbigen Schritten nach zu urteilen, vermutlich betrunken war. An der Kreuzung, an der die Fraunbergstraße abzweigte, blieb Ilka ruckartig stehen.
»Was wollen Sie noch von mir? Soll ich was unterschreiben, dass ich wieder da bin und gesund und munter?«
»Sie können doch nicht schreiben«, sagte Süden.
»Das ist gemein.«
»Wo ist Bertold Zeisig?«
»Wer ist das?«
Die Lüge war geschenkt. »Sie haben ihn in Ihre Wohnung geschickt, damit er Ihr Handy holt, das Sie vergessen hatten.«
»Sie wissen ganz schön Bescheid.«
Süden schwieg.
»Ich hab mein Handy nicht vergessen.«
»Wo ist der Mann?«
»Wenn ich's Ihnen sag, lassen Sie mich dann in Ruh?«
»Das weiß ich nicht.«
»Er ist verreist.«
»Wohin?«
»Ins Ausland«, sagte Ilka. »Er hat eine Show, er ist Zauberer.«
»Ist er nach Österreich gefahren?«
»Wieso nach Österreich?«
»Ich muss mit ihm reden«, sagte Süden. »Er hat hier in der Straße eine Wohnung.«
»Sie täuschen sich, er wohnt hier nicht. Ich hab mich hier versteckt, bei einer Freundin, die ich aber nicht ver-

petz. Wie kommen Sie überhaupt darauf, dass ich die Straße kenn?«
»Ich habe mich erkundigt.«
»Bei wem denn?«
»Bei dem Taxifahrer, mit dem Sie das Grab Ihrer Mimi besucht haben.«
Ein stilles kurzes Lächeln erschien auf ihrem bleichen Gesicht.
Süden schwieg.
Ein blauer Linienbus bog um die Ecke und hielt an. Leute stiegen aus und ein, die meisten hatten einen Regenschirm dabei.
Nach einer Weile sagte Ilka Senner: »Das ist ein schöner Gedanke, dass auch die Tiere nicht lesen und schreiben können und trotzdem eine Existenzberechtigung haben. Bloß ich hab keine.«
»Natürlich«, sagte Süden. »Sie auch, wie ich, wie Ihre Stammgäste.«
»Ich hab keine Existenzberechtigung.« Ilka griff nach Südens Hand, kratzte mit ihren Fingern an der Innenseite und umklammerte seine Hand. »Ich hab nämlich jemanden umgebracht, so schaut's aus, Herr Süden. Ich bin genauso ein Einbrecher und Verbrecher wie Sie.«
»Ich bin so wenig ein Einbrecher und Verbrecher wie Sie.«
»Doch, Sie sind in mein Leben eingebrochen und haben ein Verbrechen an meiner Zukunft begangen. Und das ist nicht gerecht.«
»Wen haben Sie umgebracht, Frau Senner?«
»Einen Verbrecher auch.«

15
Ein graues, unverputztes, an einigen Stellen von Efeu bewachsenes Haus mit einem welligen Ziegeldach und drei Gaubenfenstern. Schwere gelbe Vorhänge an den Fenstern zur Straße. Trotz der Blumen und Pflanzen und des gepflegten Hofs hinter dem Gartenzaun wirkte das Gebäude unbewohnt und abweisend.
Eigentümer war ein Mann namens Kai Bose, den Zeisig vor zwei Jahren bei einem seiner Auftritte in einer Münchner Baufirma kennengelernt hatte. Bose erzählte von seinem Haus in Thalkirchen, das praktisch das ganze Jahr über leer stehe, weil er nach seiner Scheidung in eine neugebaute Eigentumswohnung in Ismaning gezogen war. Das Haus in Thalkirchen hatte er vor fünfundzwanzig Jahren preiswert erworben und eine Zeitlang mit seiner Frau bewohnt, die ihn schließlich verlassen hatte. Eigentlich hätte er das Anwesen längst verkaufen müssen, aber er hatte einen Schwager, einen Handelsvertreter, der gelegentlich nach München kam und dann für ein paar Tage dort übernachtete. Zeisig bot sich als Dauermieter an, und Bose war einverstanden. Die Miete war niedrig, Zeisig überwies das Geld zuverlässig, meldete aber nie einen Zweitwohnsitz in München an. So konnte er mit seinen Einnahmen jonglieren und sein kleines Apartment in Salzburg behalten.
Vier Tage nach seiner Einlieferung ins Klinikum Großhadern starb er an Herzversagen.

»Wie mein Vater«, sagte Ilka Senner zu Süden, der sie in der Untersuchungshaft besuchte.

Nachdem sie ihm das graue Haus gezeigt hatte, war er bei ihr geblieben, bis Hauptkommissarin Birgit Hesse sie als Verdächtige abführte. Am nächsten Tag hatte er sie im Kommissariat besucht, was ihm als ehemaligen Kollegen ausnahmsweise gestattet worden war. Birgit Hesse verfolgte die Begegnung über einen Monitor aus dem Nebenraum. Ilka Senner sprach wenig und erklärte, es gehe ihr gut, nachdem sie eine warme Mahlzeit zu sich genommen habe.
Über ihr Tatmotiv machte sie gegenüber der Kripo keine konkreten Aussagen. Sie gab aber zu, auf Bertold Zeisig eingestochen zu haben.
Obwohl sie sich damit hätte entlasten können, räumte sie erst auf mehrmaliges Nachfragen ein, dass sie sich um den Verletzten gekümmert und die Wunde verbunden habe. Auf die Frage, wieso sie, wenn sie schon derart besorgt war, nicht den Notarzt verständigt habe, reagierte sie mit einem Achselzucken.
Außerdem gestand sie, die Wohnung verlassen und in den Tierpark gegangen zu sein, der nur fünf Minuten entfernt lag. Was in der Zwischenzeit mit dem schwerverletzten Mann in der Badewanne passierte, schien ihr egal gewesen zu sein. Andererseits habe sie ihr Handy zurückgelassen, in »relativer Reichweite für den Verletzten«, wie die Kommissarin sich ausdrückte. Dazu machte die Verdächtige keine Angaben.

Ob sie in das Haus zurückgekehrt wäre, wenn Tabor Süden sie nicht dazu gezwungen hätte, wollte Kommissarin Hesse am Ende wissen. »Er hat mich nicht gezwungen«, erwiderte Ilka Senner. »Wenn ich ihm nicht begegnet wär, wär ich im Tierpark geblieben, für immer.« Auf die Frage, was sie mit »für immer« meine, senkte sie den Kopf, schüttelte ihn und versank in Schweigen.

Das Einzige, was sie von Süden wissen wollte, als er ins Kommissariat kam, war, ob er ihren Freunden ausgerichtet habe, dass sie nicht wiederkommen werde und sich dafür entschuldigen wolle. Er hatte es getan, und niemand im Lokal hatte gewusst, wie man darauf reagieren sollte.

»Waren Sie inzwischen noch mal im Lokal?«, fragte sie in der U-Haft.

»Nein.«

»Alle warten auf Sie, damit Sie erklären, was genau passiert ist.«

»Sagen Sie mir, was genau passiert ist, Frau Senner.«

»Ich möcht, dass Sie Ilka zu mir sagen, wie meine Gäste.«

»Was ist wirklich passiert, Ilka?«

Sie warf der Vollzugsbeamtin, die neben der Tür des schmucklosen Besucherzimmers saß, einen Blick zu und verschränkte die Arme vor ihrem graukarierten Hemd, das sie zu einer Leinenhose trug. Als Untersuchungshäftling hätte sie ihre eigene Kleidung tragen dürfen, was sie mit den Worten abgelehnt hatte: »Ich bin doch eine Gefangene wie alle anderen.«

Auf die Näharbeiten und das Verpacken von Kartons freue sie sich, sagte sie, solche Tätigkeiten seien ihr von früher vertraut.

»Ich hab mein Leben lang Angst gehabt«, sagte sie. »Am meisten vor mir selber. Jetzt nicht mehr. Deswegen wär ich auch zu den Bären rein und hätt mich auffressen lassen.«

»Sie haben keine Angst vor dem Gefängnis?«

»Auf einmal?«, sagte sie. »Nein. Ich hab auch keine Angst mehr vor mir. Alles vorbei.«

»Sie werden viele Fragen beantworten müssen«, sagte Süden. »Von Ihrem Anwalt, von einem Arzt, einem Psychiater und später vor Gericht.«

»Das weiß ich. Fragen beantworten ist leicht, ich sag: Ja, das stimmt, oder: Nein, das stimmt nicht. Was wirklich wahr ist, weiß nur ich, und das geht niemanden was an. Ich servier den Leuten, was sie von mir verlangen, das ist mein Beruf. Schon vergessen, Herr Süden?«

»Nein.«

»Nein, Sie vergessen so schnell nichts, das hab ich schon gemerkt.«

Er schaute sie an und sah einen Schatten ohne Jugend.

»Wissen Sie, wieso ich im Gefängnis lesen lernen möcht?« Ihr Gesicht zeigte keine Regung.

Süden schwieg.

»Damit ich die Schilder im Tierpark lesen kann. Dann mach ich einen Ausflug, mit Ihnen, Luisa ...« Sie nickte der Vollzugsbeamtin zu. »Und ich besuch die Äffchen und die Antilopen und die Robben und Pinguine, die alle

so eingesperrt sind wie ich, und dann fahren wir wieder zurück, hierher, wo wir hingehören, Sie und ich, Luisa. Das wird schön.«
Nachdem sich das Gefängnistor hinter ihm geschlossen hatte, hörte Süden nicht auf zu gehen. Er ging von der Stadelheimer Straße bis nach Harlaching, hinunter zur Marienklause, Kilometer um Kilometer. Er überquerte die Isar und ging mit schweren, ungehorsamen Schritten weiter am Kanal entlang bis nach Thalkirchen. Nach vier Stunden – wieder und wieder war er im Kreis gelaufen, wie ein Bär in seinem Gehege – erreichte er die Tierparkbrücke, wo er zu Boden sank, sich ans Gitter lehnte und den Kopf unter den Armen vergrub. Leute schlenderten oder fuhren mit dem Rad an ihm vorbei, die meisten glaubten, er wäre betrunken. Aber er war bloß ein Mann voller verwahrloster Gedanken am Ende eines Auftrags und eines gewöhnlichen, schamlos vergangenen Tages.
Als es anfing zu regnen, hockte er immer noch da, ein Hausierer fernab der Häuser, mit kalten Händen und rasselndem Atem, der ihm wie ein letztes Besteck, das er nicht loswurde, geblieben war.
Mit seinen müden Schultern verdeckte er die Liebesbeweise von Sandra+Benni und Angie+Krake und Evi+Max.

In dem griechischen Lokal, in das Edith Liebergesell Süden zum Essen eingeladen hatte, beließen sie es bei der Vorspeise. Im Verlauf des Abends tranken seine Chefin Weißwein und er Bier. Angesichts der gewaltigen Ölvorkommen auf der Vorspeisenplatte spendierte ihnen der

Wirt zwischendurch Ouzo. Ab und zu ging Edith Liebergesell nach draußen, um zu rauchen. Dann sah Süden den wenigen Gästen beim Essen und Reden zu, ohne etwas wahrzunehmen, und dachte an Ilka Senner, die er aufgespürt hatte, um sie ins Gefängnis zu bringen.
»Ich hätte sie schneller finden müssen«, sagte er.
»Du wiederholst dich, Süden.«
Sein Handy klingelte, er kannte die Nummer und ging dran.
»Ich bin's«, sagte Birgit Hesse. »Wo bist du?«
»Dienstessen.«
»Gegessen wird auch? Ich soll dir was mitteilen, inoffiziell. Wie es aussieht, wird uns der Kollege Gentner in Richtung Wiesbaden verlassen. Wir hätten dann eine freie Planstelle, und es sind Äußerungen gefallen, ob du nicht zu uns zurückkehren möchtest. Entschuldige, dass ich mich so umständlich ausdrücke.«
Süden sagte: »Ich habe dich schon verstanden. Ich werde nicht zurückkehren, danke für das Angebot.«
»Noch ist es eine interne Überlegung, du hättest noch einige Wochen zum Nachdenken Zeit.«
»Nein.«
»Wir könnten dich gebrauchen.«
»Nein«, sagte er, trank einen Schluck Ouzo und schwor, nie wieder einen zu trinken. Der Schwur hielt neun Minuten. »Nach meinem Dienstessen hätte ich Zeit für ungezwungene Körperertüchtigung.«
»Ungezwungene Körperertüchtigung? Wie viele Gläser hast du schon getrunken?«

»Ich zähle nie mit.«
»Ich fahr jetzt nach Hause und leg mich gleich schlafen«, sagte die Kommissarin. »Morgen ist auch noch ein Körperertüchtigungstag.«
Süden schaltete das Handy aus und steckte es ein. »Die ermittelnde Kommissarin«, sagte er aus irgendeinem Grund.
Im Blick seiner Chefin glaubte er Spuren von Eifersucht zu erkennen. Vielleicht waren es auch Sehschlieren vom Ouzo.
Der Regen prasselte gegen das Fenster – wie am vergangenen Sonntag, als er in dem Lokal in der Perlacher Straße 100 mit seiner Suche begonnen hatte.
Ein launiger, missmutiger Sommer.
Aber da war jemand, der ihm verzieh.

Bei diesem Geräusch sind wir immer friedlich eingeschlafen, sagte Ilka Senner in ihrer Zelle, wo sie demselben Regen zuhörte wie Süden in der Innenstadt und die Wölfe in Hellabrunn. Schlaf jetzt, Mimi, sagte sie und zog die graue Wolldecke bis zum Kinn. Sie fror nicht. Ihr Schlafanzug roch nach Waschpulver. Sie faltete die Hände auf dem Bauch, horchte noch einmal, als begänne jetzt eine heimliche und glückvolle Erinnerung, auf den Regen und ihren Herzschlag und schloss die Augen.
Nie zuvor hatte sie sich vom Leben so gemeint gefühlt.

*Dreifach mit dem Deutschen Krimi Preis ausgezeichnet:
Friedrich Anis Süden-Reihe bei Knaur*

Friedrich Ani

Süden und das Gelöbnis des gefallenen Engels
Süden und der Straßenbahntrinker
Süden und die Frau mit dem harten Kleid
Süden und das Geheimnis der Königin
Süden und das Lächeln des Windes
Süden und der Luftgitarrist
Süden und der glückliche Winkel
Süden und das verkehrte Kind
Süden und das grüne Haar des Todes
Süden und der Mann im langen schwarzen Mantel
Süden und die Schlüsselkinder

»Locker und doch nachdenklich, witzig und doch melancholisch – eine Romanreihe, die das Potenzial hat, zu Simenonschen Dimensionen zu wachsen.«
SÜDDEUTSCHE ZEITUNG

»Einzigartig. Wer Ani liest, lernt anders denken.«
HAMBURGER ABENDBLATT

Knaur Taschenbuch Verlag

*Der zwölfte Roman der Kult-Serie
rund um Tabor Süden*

Friedrich Ani
SÜDEN

Roman

Zurück in München, erhält Tabor Süden als Detektiv den Auftrag, nach dem Wirt Raimund Zacherl zu suchen. Der Fall ist genau das Richtige für den ehemals so erfolgreichen Ermittler: Ein Mann verlässt sein Durchschnittsleben, und jeder fragt sich, warum. Mit seinen besonderen Methoden findet Süden die Spur des Wirts und verfolgt sie bis nach Sylt – und schon längst hat er begriffen, dass niemand den Mann wirklich kannte.

*Friedrich Ani erhielt für »Süden« den
»Deutschen Krimi Preis 2012 – national«.*

»Ein brillanter Krimi. Ein Spitzenbuch.«
Denis Scheck

Knaur Taschenbuch Verlag